Contos Mágicos Persas

Coleção
ARCA DA SABEDORIA

2.edição
São Paulo/2009

Copyright © 2003 Editora Aquariana
Título: Contos Mágicos Persas

Seleção e adaptação: Fernando Alves
Revisão: Antonieta Canelas
Editoração eletrônica: Ediart
Capa: Niky Venâncio
Impressão e acabamento: HR Gráfica e Editora Ltda.

CIP – Brasil – Catalogação na Fonte
Sindicato Nacional dos Editores de Livros, RJ

C781
2.ed.

Contos mágicos persas / [seleção e adaptação Fernando Alves]. - 2.ed. - São Paulo : Aquariana, 2009.
96p. - (Arca da sabedoria)

ISBN 978-85-7417-093-2

1. Antologias (Conto persa). I. Alves, Fernando. II. Série.

08-05315   CDD 891.553009
                             CDU 821.222.1-3 (082)

03.12.08   05.12.08   010047

Direitos reservados:
Editora Aquariana Ltda.
Rua Lacedemônia, 87 – Vila Alexandria
04634-020 São Paulo - SP
Tel.: (0xx11) 5031.1500 / Fax: 5031.3462
editora@aquariana.com.br
www.aquariana.com.br

Sumário

Apresentação, 7

Cabeça de família, 11
Um burro por um dinar, 17
A mesquita pequena, 23
Dona Sol e dona Lua, 27
Darya, 31
A linguagem dos animais, 37
O jovem tigre e o homem velho, 43
O conto do amor, 51
O camponês inteligente, 65
Nasrïn, 71
Gasedak e a lua, 79
A boneca paciente, 85

Apresentação

Onde fica a Pérsia? Essa questão inicial faz-se imprescindível para a melhor compreensão dos contos que se mostram neste volume da Coleção Arca da Sabedoria. Mais importante ainda, essa questão se apresenta quando se considera a primeira década do Século XXI, em que o Oriente Médio e sua cultura correm o risco de desaparecer por conta de sucessivas guerras. Respondamos então à questão: a Pérsia ocupava o território correspondente ao atual Irã. O nome *Pérsia* origina-se do grego, que assim denominava aquele território.

Dessa terra culturalmente fértil, berço das mais antigas civilizações conhecidas, brotaram as narrativas que aqui se apresentam. São contos cuja origem se perde na poeira dos desertos e na névoa das montanhas. Quem sabe ao certo seu nascedouro? Com precisão, ninguém! Uma vez que a literatura persa, como a cultura em sua totalidade, é milenar, as delicadas tramas que lemos hoje foram passadas de pais para filhos. Até hoje, felizmente!

Exceções honrosas a esses textos sem autoria definida são os três contos do mulá Nasrudin (sábio de origem supostamente turca, cuja existência não está comprovada e cujos textos autobiográficos a ele atribuídos têm cunho pedagógico e bem-humorado).

Darya é uma história de amor. Narra as desventuras da pastora Darya, separada de seu grande amor, Nimo, para fazer parte do harém do governante local... A fábula ganha contornos de magia, com a metamorfose dos seres humanos em animais e o diálogo entre a natureza e os seres humanos.

Outra fábula nos é apresentada em *Dona sol e dona lua*. Muito além da narrativa, o conto é educativo, uma vez que explica os eclipses solar e lunar e esclarece ainda que, na antiga Pérsia, ambos os astros eram tratados no feminino!

Uma das fontes da Astronomia, a Pérsia nos brinda com mais uma narrativa que tem por personagem nosso satélite: *Gasedak e a lua*. O conto apresenta a história de uma menina que deseja muito conhecer de perto a lua... E termina por conhecer bem a própria Terra! Aproveitando com excelência a estrutura de fábula, o texto transmite uma mensagem de amizade pungente.

Muito propício à realidade política do Brasil do início do terceiro milênio, o conto *A linguagem dos animais* é outra fábula curiosa! Justifica-se o início deste parágrafo pela moral da história que se mostra: não se deve querer levar vantagem em tudo. O galo é um dos personagens principais; e não podemos nos furtar a ressaltar o caráter mágico-profético de suas palavras. Aponta-se, dessa forma, sua rica simbologia, que ultrapassa os limites da Pérsia.

Animal-chave no cenário de Nasrudin, o burro é, como o próprio nome do conto o indica, o motivo principal de *Um burro por um dinar*, em que se chama a atenção para a importância de usar as palavras adequadas em situações de crise.

A inteligência está na base do tema de dois outros contos. *O jovem tigre e o velho homem* tem por moral da história a importância da humildade perante a inteligência e, mais ainda, a importância do respeito aos mais idosos, por sua sabedoria.

O camponês inteligente, por sua vez, confere outro enfoque ao tema *inteligência*. O enredo traz a história de três amigos de seitas diferentes que desfrutam sem permissão da sombra e dos frutos de um pomar. O texto é absolutamente oportuno para os dias de hoje, sobretudo para uma introdução à reflexão sobre a tolerância religiosa.

Como que fazendo um contraponto ao conto anterior, A *mesquita pequena* trata com o humor característico de Nasrudin das questões pragmáticas da fé.

Cabeça de família mostra como a presença de espírito pode servir como uma lição de moral. Tendo por mote a condenação do orgulho, esse conto apresenta de maneira divertida uma forma de calar aqueles cuja soberba é pano de fundo para a própria vida.

Enfim, estes e todos os outros contos reunidos nesta seleção compõem um mosaico maravilhoso do imaginário literário persa.

Que seja essa emoção boa a tônica de toda leitura que se faça desses *Contos mágicos persas*!

Fernando Alves[*]
Diretor da Coleção Arca da Sabedoria

---

[*] Formado em Letras Clássicas e Vernáculas pela USP, tradutor e autor de obras de poesia e contos e do "Dicionário de expressões estrangeiras correntes na língua portuguesa".

(Contos com Nasrudín como personagem principal)

Cabeça de família

Nasrudín foi convidado para jantar na casa de Abdul Karim, o principal mercador de tapetes do povoado. Sua grande casa e seu magnífico jardim davam provas da fortuna que se podia ganhar comerciando com tapetes. Desde o momento em que o mulá entrou, o mercador esteve falando do seu sucesso. Parecia esquecer de honrar devidamente o manto negro e o turbante do mulá e de que seu convidado também era uma pessoa importante.

Quando Abdul Karim cansou-se de demonstrar que estava à cabeça do negócio de tapetes na região de Isfahán, começou a gabar-se de sua família. Quando sua esposa esgueirava-se por algum canto do recinto, o mercador dizia:

"Minha Yamile! Quanto dependemos todos dela! Eu, certamente, sou o cabeça da família, porém é Yamile quem nos mantém unidos."

Quando suas filhas passavam em silêncio, observando o mulá entre seus véus, seu pai as olhava com amor e suspirava:

"Minha Akhtar e minha Nadereh! São as mãos de sua mãe. Nunca houve meninas mais dispostas e prontas para ajudar. São duas jóias de filhas."

E quando seus dois rudes filhos apareciam, o mercador dava-lhes umas palmadas no ombro e orgulhosamente dizia:

"Meu Jamshid, meu Rustam! Estão crescendo para transformar-se no cajado de minha velhice. Agora mesmo nosso sustento depende deles."

O mulá, prudentemente, não contava ao seu anfitrião quão inquietos e travessos eram seus cajados quando iam à mesquita para estudar o Corão.

Nasrudín estava disposto a ouvir falar do sucesso de Abdul Karim parte do tempo, porém não todo. O mercador bem poderia deixar de falar de vez em quando e dar-lhe a palavra. Ele mesmo poderia estar orgulhoso por bastantes razões. Cada vez que Abdul Karim comia, Nasrudín abria a boca para intervir, porém o anfitrião recompunha-se tão rápido que o mulá não conseguia nem sequer opinar sobre o assunto.

Quando Yamile e suas jóias de filhas entraram com os serventes que traziam o jantar, Nasrudín sentia-se completamente miserável. Ter tanto para dizer e nenhuma ocasião para fazê-lo. Escutar histórias atrás de histórias sobre o trabalho e a família de Abdul Karim, quando tinha tanto que contar de si mesmo. Haveria outra maneira de passar uma noitada mais parecida a uma tortura?

Os serventes colocaram uma enorme bandeja de cobre entre os dois homens, sobre uma almofada do vermelho mais brilhante de Isfahán. Trouxeram sete conchas de sopa de iogurte e pepino.

"Não sou como outros cabeças de família", explicou Abdul Karim. "Minha esposa e minhas filhas comem comigo. Já que és apenas um mulá, também esta noite podem vir à mesa como sempre e até permitirei que levantem o véu para comer."

Depois da sopa houve um segundo prato à base de berinjela assada. Os serventes trouxeram então uma bandeja grande de arroz e uma pequena com um frango assado inteiro com bico e patas.

"Nosso honrado convidado cortará e servirá o frango", anunciou Abdul Karim. Nasrudín podia ver que seu anfitrião estava satisfeito consigo mesmo por não ter que pegar, por cortesia, um pedaço menor do frango.

Nasrudín pegou a faca de trinchar. Contou as seis pessoas que estavam sentadas à mesa e lembrou-se de que com ele eram sete. Sabia perfeitamente como cortar um frango entre ele mesmo e Fátima, sua mulher, deixando algo para a sopa do dia seguinte. Porém, partir um frango em sete pedaços equivalentes era um verdadeiro problema para alguém que sabia mais do Corão que de aritmética. Vacilava, faminto, com a faca por cima do frango, quando o animou a voz de Abdul Karim.

"Certamente, eu, como cabeça de família costumo cortar o frango..."

"Como cabeça de família", repetiu o mulá e de repente soube como cortaria e serviria o frango, "mereces uma peça apropriada de carne."

O anfitrião sorriu lançando um olhar ao peito gordinho, com certeza o pedaço adequado para ele.

"Como cabeça de família mereces a cabeça do frango" disse o mulá com seu sorriso inocente, e de uma só vez cortou a altiva cabeça da ave. O bico tilintou surdamente ao cair no prato do surpreso Abdul Karim.

"Tua esposa, como disseste muitas vezes, mantém unida tua família. Que poderia ser melhor para ela que o pescoço que une a cabeça ao corpo?"

Confiando em si mesmo, Nasrudín realizou um drible com a faca ao cortar o pescoço, fazendo-o cair no prato de Yamile. A coitada estava acostumada a comer o pescoço do frango mas tinha esperanças de que o mulá lhe cortasse um pedaço de carne branca.

"Agora, para vós, formosas meninas, mãos de vossa mãe", o mulá cortou as asas do frango. "As asas são as mãos do frango. Uma para ti, Nedereh! E outra boa e crocante para ti, Akhtar!"

As meninas olhavam famintas para o corpo opulento do frango e as asas ossudas que o mulá tinha lançado em seus pratos. Nadereh, com o dom de ver o lado divertido da vida, olhou fugazmente o rosto ruborizado de seu pai e sorriu em segredo.

"Agora, para os cajados da família, os apoios em que descansa o lar." Nasrudín cortou as duas patas do frango. "Uma para ti, Jamshid! E outra para Rustam!"

A família de Abdul Karim, habituada a ouvir falar, passeava silenciosamente o olhar da bandeja aos pratos. Porém Abdul Karim tinha ficado sem palavras. Nasrudín ainda tinha oportunidade de falar.

"Todas as partes importantes, as que têm um significado especial, estão repartidas." Suspirou enquanto amontoava o resto do frango em seu prato. "Eu sou apenas um mulá e o que resta bastará para mim."

Nasrudín dedicou-se a comer, comparando cada pedaço delicioso com os outros. Yamile e seus quatro filhos esquivavam-se do olhar do cabeça de família... E Abdul Karim não tinha absolutamente nada para dizer.

Um burro por um dinar

Nasrudín foi ao pequeno estábulo de barro que estava na esquina de seu jardim. Pensava encilhar seu burro e ir trotando até a outra ponta do povoado para visitar um amigo. Para seu horror, o lugar estava vazio.

Deu voltas e mais voltas pelo jardim, procurando freneticamente o burro. Caiu-lhe um sapato, o turbante prendeu-se em um galho e outro galho de amoreira rasgou-lhe a manga do manto. Então notou que a porta da rua não estava trancada e mexia-se com o vento.

"Onde está meu burro?" Gritou ao sair na rua.

Os vizinhos uniram-se à sua procura. Todos sabiam que Nasrudín estaria realmente perdido sem seu burro. As pessoas corriam pela rua, percorrendo de cima a baixo as ruelas. Chamavam na porta das casas e perguntavam se alguém tinha visto o burro. Alguns chegaram até os muros do povoado e prescrutaram os caminhos que conduziam ao mundo exterior.

O tonto do povoado dizia aos corvos: "Voai alto, por todo o mundo, e procurai o burro do mulá!"

O faquir do povoado fazia tilintar seus amuletos de cobre e dizia: "Por umas poucas moedas te poderia dizer onde procurar o teu burro."

Os meninos subiam nas árvores mais altas e gritavam no alto dos galhos: "Estamos procurando pelo mundo todo o burro do mulá!"

Finalmente, completamente exausto e desanimado, Nasrudín sentou-se junto ao seu portão aberto. Seus amigos apinharam-se ao seu redor. Fátima, silenciosa, veio com uns vasos de chá quente. Enquanto bebia o chá com um torrão de açúcar, Nasrudín culpava o burro por tantos inconvenientes. Não encontrava palavras suficientemente duras para descrever o animal. Estava tão cansado que esquecia que o burro tinha sido por muitos anos seu amigo fiel.

"Burro sem valor!" Atormentava-se. "Se o visse outra vez sabes o que faria?"

"Que farias?", perguntou o mercador Jafar.

"Eu o venderia por um dinar."

O preço já teria sido um insulto para um burro velho, cego, surdo, coxo, teimoso e sem dentes.

"Seria um grande negócio para qualquer um", disse o ferreiro Mehmet Alí e riu frente à idéia de que o mulá vendesse seu bom burro por um dinar.

Justo naquele momento, ouviram um trotar de cascos muito familiar. E ali, montado por Shoja, o filho menor de Abdullah, o padeiro, apareceu o burro de Nasrudín.

"Onde o encontraste?", perguntou alguém a Shoja.

"Pensei aonde iria eu se fosse burro", respondeu o menino. "Assim, fui ao campo e ali estava ele, pastando com as ovelhas e as cabras.

Nasrudín estava tão contente como antes estivera desanimado. Abraçava e beijava o seu amado burro e fazia o mesmo com Shoja por tê-lo encontrado.

Abraçava e beijava também Abdullah, elogiando-o por ser pai de um menino tão inteligente. Estava entregue a esses elogios, quando sentiu um puxão da manga esquerda e uma palmadinha no braço direito.

O mulá voltou-se e viu ao seu lado Mehmet Ali com um dinar na mão. Do outro lado, Daryus tinha outro em sua mão.

"Compro-te o burro", disseram ambos ao mesmo tempo.

"Não está à venda", disse Nasrudín. "Se estivesse à venda, o preço seria muitas vezes superior a um dinar."

"Mas disseste que o venderias por um dinar se o encontrasses", recordou-lhe Mehmet Alí. E todos juraram que isso era exatamente o que o mulá tinha prometido.

"Estava brincando!" disse Nasrudín deixando escapar uma risada nervosa.

"Não pareceu uma brincadeira quando o disseste", disse Daryus, disposto a qualquer coisa para realizar um bom negócio. "Não estavas rindo naquele momento."

"Hoje não é o dia do mercado de burros em nosso povoado", disse Nasrudín a fim de ganhar tempo.

Tinha que encontrar uma forma para salvar seu burro e sua honra. Não queria que ninguém pudesse dizer que ele não cumpria suas promessas, porém, de nenhum modo iria vender seu burro, e muito menos por um dinar.

Alisou sua barba, como fazia sempre que pensava até o limite de sua capacidade.

"Procurai-me quarta-feira no bazar de burros", disse finalmente. Nesse dia venderei meu burro a quem me parecer que será o melhor dono."

Até quarta-feira, os homens e os meninos esmeraram-se em tratar bem os animais quando o mulá estava por perto. Os gatos podiam caminhar pelas cercas sem perigo de um disparo de atiradeira. Os cachorros eram penteados até que não lhes restasse uma pulga. Havia pastores demais com seus rebanhos e gado no povoado, os camelos não tinham desculpas para seu mau humor e às galinhas chovia-lhes comida. Os burros, então, eram tratados como reis.

Nasrudín pensou em um plano para poder cumprir sua promessa sem perder o burro. Na terça-feira, antes que os comerciantes fechassem as persianas de seus estabelecimentos, comprou uma medida de corda, e pela primeira vez não falou ao vendedor sobre os motivos para comprá-la.

Quarta-feira, no bazar dos burros, havia uma multidão entre homens e meninos que almejavam ser escolhidos como donos do burro de Nasrudín. Por cima de sua conversa ruidosa escutavam um som incomum no bazar. Além dos zurros dos burros, alçava-se um miado agudo e constante. Não era tão estranho ouvir um gato numa terra onde havia um em cada muro, porém aquele era um miado de um gato que se sentia incomodado.

Os homens seguiram o miado e encontraram o gato, que tinha uma corda ao redor do pescoço. No outro extremo da corda estava amarrada a cauda do burro de Nasrudín. Entre os dois, o mulá sorria contente.

"Sim, meu burro está à venda por um dinar", assegurou aos compradores em potencial. "Porém, meu burro e meu gato são tão amigos que seria cruel separá-los. Quem comprar o burro terá que comprar o gato."

"E quanto custa o gato?" Perguntaram vários, apressando-se para pegar na carteira mais uma ou duas moedas.

"É um animal muito valioso. Seu bisavô viveu no palácio do *Xá*. Vale cem dinares."

Todos riram. Ninguém pensara, realmente, que o burro e Nasrudín pudessem separar-se.

A mesquita pequena

Nasrudín estava contando suas preocupações a seu amigo Jafar, o mercador. Ainda que fosse um sábio na hora de ajudar os outros, não o era quando se tratava de seus próprios problemas.

"Sou impaciente", dizia alisando-se a barba. "Repreendo os meninos quando demoram em memorizar o Corão e me esqueço que prefeririam estar brincando."

"Se um de nós comete um erro, tu nos dizes que peçamos a Deus que nos faça bons", recordou-lhe Jafa. "Terás esquecido de pedir-lhe que te faça paciente?"

"Talvez tenhas razão", concordou Nasrudín.

"Talvez", continuou aconselhando Jafar, "não basta que peças a Deus em nossa pequena mesquita. Leva teu melhor tapete de oração à grande mesquita do *Xá* em Isfahán, toma teus banhos na famosa fonte do pátio, estende o teu tapete diante do *mihrab* mais formoso e então roga a Deus. Certamente que ele ouvirá o que for dito ali."

No dia seguinte, Nasrudín saltou sobre seu burro, ajustou o manto para cavalgar confortavelmente e foi trotando pelo caminho de Isfahán. Andou parte da jornada olhando para trás, como era seu costume, porque tinham-se juntado a ele outros viajantes e queria falar à vontade com eles. Já em Isfahán, passou direto diante das mesquitas pequenas e da antiga mesquita de cúpula de tijolo. Foi diretamente à belíssima praça central, onde estava a grande mesquita do *Xá*.

Depois de dizer ao seu burro que esperasse, entrou, fez suas abluções e escolheu um dos formosos *mihrabs* de mosaicos brancos e azuis. Estendeu seu tapete e entoou as palavras do Corão:

A Alá pertence cada morada nos céus
e na terra.
Que Ele acolha a quem fez o mal
e acolha a quem fez o bem.

Nasrudín sentia-se pequeno sob a grande cúpula e necessitado entre os homens bem vestidos que vinham à mesquita do *Xá*. Custava-lhe concentrar-se em suas orações e, ainda mais, achar palavras apropriadas para pedir ajuda a Deus. Porém rezava e rezava, convencido de que uma oração dita em uma mesquita tão bela chegaria rapidamente até Deus, ainda que ele, às vezes, se esquecesse do que estava dizendo.

No dia seguinte, quando recebeu seus alunos, esperava ter-se convertido no mestre mais paciente e compreensivo da Pérsia. Para sua desilusão, perdeu as estribeiras antes de uma hora. Tinha perdido a viagem à grande mesquita do *Xá*!

Naquela tarde, foi mais cedo que de costume à pequena mesquita de tijolos do povoado. Observou suas paredes despidas e o *mihrab* sem mosaicos. Nem ao menos trazia consigo um tapete para estendê-lo e orar em direção a Meca. Porém queria ser mais paciente com seus alunos. Assim, ajoelhou-se no chão de terra batida da mesquita e falou a Deus de todas as coisas que o incomodavam. Depois, subiu à torre da mesquita e chamou o povo à oração.

No dia seguinte, recebeu seus alunos com uma brincadeira e um sorriso. Os meninos trabalharam como não faziam há semanas. Nasrudín sentiu-se outra vez um mestre bom e paciente. Suas orações na mesquita pequena tinham obtido resposta.

Assim que acabaram as aulas, Nasrudín encilhou seu burro, montou e saiu pelos ondulantes campos de trigo em direção da grande mesquita do *Xá*. Ao chegar, deixou fora o burro e entrou com ímpeto pela porta. Deteve-se sob a cúpula de lápis lazúli, turquesa e ouro, tomando cuidado para escolher um lugar onde o eco fizesse ressoar suas palavras.

"Podes ser uma mesquita muito grande", entoou Nasrudín e sua voz ecoou sob o teto abobadado. "Porém deverias estar envergonhada. Não pudeste fazer o que fez a menor de tuas filhas. Deverias vir ao nosso povoado para aprender com a mesquita pequena."

(Contos populares)

Dona Sol e dona Lua

Os protagonistas desta história são uns bichinhos que viviam em harmonia em um sítio rodeado por uma imensa campina coberta por pasto fresco. A convivência entre eles era pacífica; cada um cumpria com seu trabalho e respeitavam-se entre si. Na cultura persa, herdada de seus antepassados, o sol recebe tratamento feminino, igual à lua, e é por isso que os pequenos animais quando se referiam ao sol diziam dona Sol e chamavam a lua de dona Lua.

Todos os dias, dona Sol acordava de um doce sono e, com certa preguiça, apontava lentamente seu rosto por trás das altas montanhas que rodeavam o vale. O galo, atento ao primeiro sinal de luz, emitia seu sonoro e agudo canto que chegava a todos os cantos do lugar. No mesmo instante, todos os animais iam acordando de seu tranqüilo sono, exceto o burro guardião, que passava a noite vigiando para que nenhum perigo espreitasse a estância.

Numa manhã, o cachorro dirigiu-se ao galo assim que este terminou de cantar e comentou: "Que linda noite nos ofereceu dona Lua, tão reluzente, inundando toda a campina com sua luz cor de prata. Foi tão romântico!"

O galo respondeu, incomodado: "Eu prefiro receber a dona Sol todas as manhãs e começar a sentir seu calor sobre minhas penas. A aurora, sim, é um verdadeiro espetáculo."

O cachorro guardião sentiu-se ofendido e enfurecido começou a insultar o galo, que também respondeu com maus modos. Ao ouvir os gritos que trocavam seus amigos, a ovelha e o gato aproximaram-se e perguntaram-lhes o que acontecia. A briga parecia ser séria e não queriam ficar por fora. Ao informar-se sobre o motivo da discussão, eles também tomaram partido de uma das partes. A ovelha disse estar ao lado da dona Sol porque graças a ela os campos reverdeciam e podia alimentar-se com pasto fresco. O gato, movimentando a cabeça em sinal de desacordo, iniciou uma dissertação a favor do romantismo da lua e o quanto inspirava os poetas. Então irrompeu a vaca com voz grave: "Na tranqüilidade da noite, a lua ajuda-me a ter bons pensamentos e doces sonhos." "Tu és uma tonta romântica!" Gritou a maritaca de cima do galho de uma árvore e acrescentou: "Se não existisse dona Sol as plantas não sobreviveriam, as flores deixariam de enfeitar o campo com sua variada gama de cores e toda a natureza adquiriria um tom cinza e triste." O cavalo aproximou-se galopando e relinchou: "Vós não percebeis que devemos agradecer a dona Lua sua presença todas as noites? Sem ela os viajantes não encontrariam o caminho."

Os gritos apaixonados dos animais formaram tal algaravia que chegou a ser ouvida no céu. Dona Sol, alarmada com o desenrolar da discussão e enfurecida pela ignorância dos animais ao questionar a grandeza tanto dela como de sua companheira, decidiu dar-lhes uma lição. Para poder coordenar seu plano com dona Lua, dirigiu-se a ela e disse-lhe: "Deves ajudar-me a fazer com que os animais da campina compreendam que a sua discussão não tem sentido e voltem a ser amigos como antes."

No dia seguinte, dona Sol brilhava lá no alto, reluzindo majestosamente no céu sem nuvens. Os animais trabalhavam na estância, cada um nos seus afazeres, mas sem dirigir uma palavra ao outro. De repente o rosto de dona Sol começou a ocultar-se lentamente por trás de dona Lua e a escuridão foi estendendo seu negro manto sobre a terra. Fez-se de noite em pleno dia! Apenas umas pequenas estrelas brilhavam ao longe. Os animais, que nunca tinham visto um fenômeno semelhante, assustaram-se muito e o pânico começou a dominá-los. Todos gritavam e se lamentavam pelo que estava ocorrendo. O galo repreendeu a todos pelo aborrecimento da dona Sol. O cachorro perguntava-se se poderia ou não dormir, pois seu trabalho era vigiar a estância de noite. A ovelha temia não poder comer mais pasto fresquinho...

Todos preocupados e nervosos esperavam que alguém interviesse na disputa e pusesse fim àquele sonho mau. Dona Sol espichou um pouco o rosto para ver o que acontecia na estância e uma tênue luz apareceu na terra. Loucos de alegria, os animais começaram a cantar: "Dona Sol é bonita, é formosa, é a melhor". Dançaram durante todo o dia em sinal de agradecimento pela decisão de dona Sol de não se esconder para sempre.

Naquela noite, o cachorro guardião esperava o surgimento de dona Lua, mas esta não apareceu. Preocupado, acordou seus companheiros que ficaram tristes novamente pelo desplante de dona Lua. Ficaram paralisados, olhando para o céu e sem saber como agir para acalmar o aborrecimento dela.

Quando dona Lua percebeu que o cansaço dos animais e o sono não lhes permitiria trabalhar no dia seguinte, sentiu pena deles e mostrou seu lado esquerdo para que se tranqüilizassem. A alegria voltou ao lugar e, exceto o cachorro guardião, os animais foram dormir.

Na manhã seguinte, depois do canto agudo do galo, decidiram ir em busca da pomba branca, famosa por sua sabedoria, a fim de que lhes explicasse o significado daqueles acontecimentos. Ela, docemente e em tom compassivo, explicou-lhes: "Vossa estúpida discussão feriu vossas amigas e elas, como castigo, decidiram dar-vos uma lição. No entanto, ainda que tenha parecido estranho, esse fenômeno ocorre de tempos em tempos. Vou explicar. Quando o sol se esconde atrás da lua recebe o nome de 'eclipse do sol' e quando a lua se esconde atrás da terra, estando a lua, o sol e a terra em alinhamento, chama-se então 'eclipse da lua'. Para que isso não ocorra com muita freqüência, deveis apreciar a existência de ambas e perceber o quanto são necessárias para o desenvolvimento vital da terra."

Os animais prometeram ser amigos para sempre e não ferir nunca mais os sentimentos de dona Lua e dona Sol.

Darya

Era uma vez um pequeno povoado rodeado de verdes cultivos e bosques de acácias muito altas. Nele viviam dois pastores, Darya e Nimo, que todas as manhãs levavam seus rebanhos a um monte próximo coberto de pasto fresco. Darya diferenciava-se por sua bondade e seus enormes olhos azuis como o mar. Sua simpatia e formosura tinham conquistado o coração de todos os rapazes, apesar de ela estar apaixonada por Nimo e só a seu lado se sentir feliz. Ao chegar ao cume do monte, o pastorzinho sentava-se sobre uma pedra da qual dominava todo o vale. Pegava a flauta que tinha herdado de seu pai e tocava com imensa ternura, docemente. Quando Nimo tocava, as notas musicais eram transportadas pelo vento e a atmosfera parecia transformar-se: o azul do céu fazia-se intenso, o prado mais verde e os cachorros pareciam mais ágeis e atentos a qualquer possível ovelha que se desgarrasse. Os dias transcorriam tranqüilos. Os pastores levantavam-se antes do amanhecer e voltavam para casa com o pôr-do-sol.

Chegou o outono e as folhas das árvores começaram a adquirir tons amarelos e alaranjados que, com as carícias do vento, caíam no chão e formavam um precioso tapete. Era a estação da colheita, ainda que, por azar, os camponeses fossem obrigados a entregar parte dela ao senhor que vivia num enorme palácio que se erigia sobre as humildes casas do povoado. Nesta estação do ano, dava ordens a seus homens para que descessem aos campos e exigissem dos camponeses sua parte nas colheitas. Além disso, tinham que escolher as moças mais bonitas do lugar para que se integrassem ao harém. Não era agradável pertencer a ele. As mulheres, na sua maioria muito jovens, transformavam-se em brinquedos do senhor e, uma vez usadas e humilhadas, quando se cansava delas, despachava-as e pedia a seus homens que lhe conseguissem outras novas.

Um dia, Nimo e Darya permaneciam em cima da montanha contemplando os dourados talhos de trigo e desfrutando dos cânticos dos camponeses que, com júbilo, recolhiam o fruto de seu trabalho. De repente, o ambiente nublou-se devido a uma imensa nuvem de pó que cobriu os campos. Eram os homens do senhor que vinham para exigir parte da colheita. Nimo desceu da colina para ajudar seus vizinhos no caso de haver problemas e Darya ficou com o rebanho, quando viu chegar um outro grupo de homens com o senhor à frente. Este, ao ver seus olhos, ficou impressionado e decidiu reclamá-la a fim de levá-la para a sua jaula dourada.

Ao descer ao povoado, dirigiu-se à casa do prefeito

para fazer-lhe uma proposta: ele levaria para seu palácio a formosa moça da montanha e em troca reduziria a parte do cultivo que os camponeses estavam obrigados a ceder-lhe. O prefeito aceitou e mandou chamar Darya para contar-lhe o sucedido, explicando-lhe que sua aprovação beneficiaria os camponeses, os quais ficariam gratos para sempre. Nada podia fazer uma menina órfã diante da vontade de dois homens tão poderosos. Ela não queria entrar para o harém do palácio, sabia que era cruel e injusto, porém, se não aceitasse, todos seriam prejudicados. Pelo menos assim os camponeses teriam uma parte maior na colheita.

Quando os vizinhos tomaram conhecimento do ocorrido, a tristeza percorreu as ruas do povoado. Os rapazes já não brincavam nem riam e Nimo sentiu que lhe tinham roubado parte de seu coração. Mas não podia lutar contra o destino e consolava-se pensando que Darya seria feliz rodeada de luxo e de criados.

Nada seria assim. Darya perderia sua liberdade e o azul de seus olhos perderia o brilho. Antes de cruzar a porta do palácio olhou para trás com nostalgia, viu pela última vez a montanha onde tinha passado os momentos mais felizes de sua vida ao lado de Nimo e as lágrimas turvaram-lhe a vista, dissolvendo para sempre seu passado. De repente ouviu-se o som triste de uma flauta, enquanto Nimo lamentava, da sua atalaia, que lhe tivessem quebrado o coração.

Transcorrido um ano, o pastor continuava consumido por sua melancolia, apesar de Darya já estar casada com o senhor do palácio. Os pais do rapaz lamentavam ver seu filho naquele estado e tentaram convencê-lo de que ela já pertencia a outro homem e, portanto, devia refazer sua vida e encontrar uma boa esposa.

Entretanto, no palácio, Darya passava horas sentada na margem de um rio mágico que cruzava os jardins. Falava com as águas sobre sua terrível situação e do amor que tinha perdido para sempre. O rio compadeceu-se dela e propôs transformá-la em um pequeno pássaro para que pudesse voar até ele. Darya ficou muito alegre e em instantes agitou as asas em sinal de agradecimento. Voou até a janela de Nimo e permaneceu ali durante semanas, cantando e bicando o vidro, até que o rapaz, afeiçoando-se a ela, passou a dar-lhe sempre comida. Assim, tornaram-se amigos e ela sentia-se feliz por estar perto da pessoa que mais amava. Porém, sua sorte não durou muito tempo. Um dia ficou sabendo que Nimo ia se casar e sentiu tal desengano que caiu doente.

Nimo tentou curar o passarinho, mas seu estado não melhorava.

Naquela tarde seria a cerimônia de casamento e todas as pessoas do povoado estavam preparadas para o acontecimento. O rapaz continuava pensando em Darya, porém sua mãe tinha insistido tanto para esquecê-la que finalmente não teve outro remédio senão aceitar sua futura esposa.

O som dos tambores e a alegria dos vizinhos ressoavam nas ruas. A noiva apareceu vestida de branco sobre uma carroça puxada por cavalos. Ele aproximou-se, pegou-a pela mão e ajudou-a a descer. Juntos entraram na casa. O pequeno pássaro não pôde suportar aquela situação e, sentido, voltou ao bosque do palácio. Dirigiu-se ao rio e desafogou sobre suas águas. O rio respondeu-lhe: "Se me trouxeres um olho de teu amigo e outro de sua esposa antes do amanhecer, poderás recuperar teu aspecto humano. Se não o conseguires, morrerás em breve."

O pássaro voou até a janela do dormitório de Nimo e viu-o deitado ao lado de sua esposa com um suave sorriso desenhado nos lábios. Parecia feliz. Darya entrou e pousou sobre a cama. Por um momento pensou em fazer o que o rio tinha dito. Porém seu coração não estava cheio de ódio, mas sim de amor... Mais uma vez preferiu a felicidade dos outros à sua própria. Por isso levantou vôo, desejando sorte aos dois.

Dirigiu-se à montanha que tanto amava pelas boas recordações que lhe trazia. O sol, que começava a surgir no horizonte, disse-lhe: "Aqui nunca ninguém te esquecerá." Darya sentiu que seu coração murchava e o frio começou a apoderar-se de seu corpo. Desceu ao povoado com dificuldade e pousou sobre o galho de uma árvore próxima da fonte. Poucos segundos depois caía ao chão. Seu coração batia muito fraco quando ouviu uns passos que lhe eram familiares. Não se enganou. Nimo pegou-a com muito cuidado entre suas mãos, beijou-a e enterrou-a em um buraco cavado debaixo da árvore.

Depois voltou para casa com lágrimas nos olhos, sem poder esquecer aquele doce passarinho que o acompanhou até o dia do seu casamento.

A linguagem dos animais

Um dia, um mago recebeu a visita de um granjeiro que foi pedir-lhe a realização de um desejo muito peculiar:

"Gostaria de aprender a linguagem dos animais", disse com entusiasmo.

"Não creio que ter esse poder possa beneficiá-lo", respondeu o mago com cautela. "Se a natureza tivesse querido que entendêssemos a linguagem dos animais, já nos teria concedido este dom. É um capricho que pode prejudicá-lo e não o aconselho."

"Mas eu não quero beneficiar-me economicamente com isso. Só quero conhecer a linguagem porque na minha granja tenho cavalos, cachorros, galos, burros..., e gostaria de saber o que pensam para compreendê-los melhor."

O mago continuou insistindo que esse capricho não lhe traria nada de bom, mas o homem não concordava e finalmente tentou entrar num acordo:

"Bem, não me ensines a linguagem de todos os animais, mas, pelo menos, realiza-me o desejo de poder entender o que dizem o galo e o cachorro", propôs o homem com astúcia.

O mago concordou e assim o fez. O granjeiro voltou muito contente para casa com a expectativa de experimentar muito em breve sua nova habilidade. No dia seguinte, na hora do café da manhã, ordenou ao criado que tirasse o galo e o cachorro do estábulo. Depois de obedecer à ordem recebida, o criado trouxe-lhe o desjejum e da bandeja que levava nas mãos caiu um pedaço de pão no chão. O galo apressou-se em bicá-lo e o cachorro reclamou:

"Que mau companheiro és. Tu podes comer todo o trigo que quiseres, caçar insetos e muitas outras coisas. Mas eu, ao contrário, só posso comer a carne que me dão e sem um pedaço de pão. Talvez passe muitas horas sem nada no estômago."

O galo replicou:

"Não te preocupes, amanhã terás um dia de sorte. O cavalo morrerá e tu terás toda a carne que queiras."

O cachorro rendeu-se e permitiu que o galo bicasse o pedaço de pão.

O granjeiro, orgulhoso por ter podido entender o diálogo entre os animais, pensou: "Se meu cavalo vai morrer, será melhor que o venda hoje mesmo." Chamou o criado e ordenou-lhe que procurasse comprador pelo preço que fosse.

No dia seguinte, o granjeiro jogou de propósito outro pedaço de pão no chão para obter mais informações dos animais e o galo pulou de novo sobre ele agarrando-o com o bico. O cachorro, enfurecido, dirigiu-se até ele e gritou:

"És um cara-de-pau. Ontem te cedi o pedaço de pão porque me disseste que de noite ia ter toda a carne de cavalo que quisesse, porém o granjeiro vendeu o cavalo e fiquei sem nada. Por acaso hoje também não tenho direito nem às migalhas?"

"Eu não menti", respondeu o galo com altivez, "ontem à noite o cavalo morreu na casa do novo dono. Como eu poderia saber que seria vendido? Porém, não te preocupes. Hoje morrerá o burro e toda a carne será para ti."

"De acordo. Come o pão e bom apetite", resmungou o cachorro um tanto chateado.

O granjeiro ouviu de novo a conversa e não teve dúvidas em vender o burro imediatamente.

No terceiro dia, o cachorro discutia com o galo:

"É possível que tivesses razão, mas o caso é que o granjeiro também vendeu o burro e eu fiquei sem jantar. De maneira que hoje o pedaço de pão será meu. De acordo?"

"Não entendo como o granjeiro pode saber tanto como nós", respondeu o galo a fim de acalmá-lo. "Mas fica tranqüilo que hoje morrerão quatro ovelhas e todas serão para ti."

Como podem imaginar, o pobre cão nem sequer cheirou a carne de ovelha. Como estava feliz e contente o granjeiro por ter podido vender todos aqueles animais moribundos!

No dia seguinte, o comentário dos animais alertou aquele homem que se acreditava o mais esperto do mundo.

"Não penses que nosso amo é tão inteligente como parece", comentava o galo; "julgar-se esperto demais não leva a um lugar nenhum. Agora quem vai morrer é ele e como seus familiares oferecerão comida a seus vizinhos depois do enterro, tu também terás tua parte."

"Como sabes?", perguntou o cachorro?

"Não seria o fim de sua vida se não se tivesse aproveitado dos outros em benefício próprio. O mal que provocou penetrou dentro dele e como não pode vender a si mesmo, morrerá."

O granjeiro, que estava ouvindo a conversa, começou a tremer e sem pestanejar saiu correndo à procura do mago.

"Por favor, precisa ajudar-me", suplicou-lhe de joelhos, quase chorando.

"Eu lhe disse que não convinha conhecer a linguagem dos animais, porém não ligou. Prometeu-me que só queria conhecê-los melhor e mentiu-me. No entanto, ainda que seja um pouco tarde, você pode tentar fazer alguma coisa."

"Suplico-lhe, diga que posso fazer."

"Tente devolver o dinheiro a quem comprou seus animais doentes e, se além disso, eles o perdoarem, quem sabe possa mudar o seu destino."

O homem saiu apressadamente e dirigiu-se à casa do comprador das quatro ovelhas. Com muito cuidado disse-lhe:

"O senhor ontem comprou quatro ovelhas de meu criado. Sinto muito que tenham morrido e venho devolver-lhe o dinheiro que pagou por elas."

"Não, de jeito nenhum; não quero o dinheiro", respondeu o homem, surpreendendo o granjeiro. "Estou muito contente com a compra."

"Mas as ovelhas morreram, não é? Como pode estar contente?" insistiu.

"O caso é que eu pretendia cometer um delito com elas. Ia dá-las como suborno a um juiz. Porém, ao ficar sem as ovelhas, não me foi possível oferecê-las. Hoje condenaram um homem por ter feito o que eu pretendia fazer. Agora percebo que cada um deve pagar por seus delitos. Aprendi uma lição que vale mais que mil ovelhas e todas as moedas do mundo. Portanto vá embora com seu dinheiro e não volte aqui."

O granjeiro tinha fracassado na sua primeira tentativa, mas não hesitou em dirigir-se à casa do comprador do burro para fazer-lhe a mesma proposta. No entanto, este também não quis saber de suas artimanhas.

"Não, não posso aceitar teu dinheiro. Comprei o burro obrigado por meus amigos, porque queriam que os acompanhasse numa viagem. Não tinha a menor vontade de ir e minha sorte foi a morte do animal. Hoje fiquei sabendo que foram atacados por uma matilha de lobos. Como podes ver, a morte do burro salvou-me a vida."

Se o terceiro comprador lhe respondesse do mesmo modo, estaria perdido. E, realmente, este contou-lhe uma história parecida à anterior, recusando também o dinheiro que tinha gasto. Já não lhe restava outra oportunidade e o granjeiro, desesperado, insistiu, porque disso dependia sua vida.

"Amigo, por favor, aceite o dinheiro. Se meu cavalo lhe salvou a vida, agora o senhor pode me ajudar. Asseguro-lhe que estou arrependido de ter-lhe vendido um cavalo doente", acrescentou.

O comprador, ao perceber o engodo, enfureceu-se e disse-lhe aos gritos:

"Então vendeu-me um cavalo porque sabia que ia morrer! Não posso aceitar dinheiro de um fraudador. Como posso saber se seu arrependimento não é outro truque? Fora daqui!"

Cabisbaixo e cansado, saiu da casa pensando em recorrer novamente ao mago, porém, pelo caminho, encontrou o galo que lhe disse:

"És um pobre homem. Sem conhecer a linguagem da vida, quiseste conhecer a dos animais. De que te serviu tanta avareza se agora morrerás?"

Nesse momento, o granjeiro caiu no chão e morreu.

O jovem tigre e o homem velho

Era uma vez um velho e sábio tigre que morava no bosque. Um dia, sentiu que se aproximava a hora de sua morte e chamou o seu jovem e robusto filho para fazer-lhe umas perguntas:

"Meu filho, sabes qual é o animal que tem o rugido mais potente?"

"Claro que sim, pai", respondeu orgulhoso. "O rugido do tigre é o mais potente e enérgico."

"E agora diz-me", continuou o velho, "sabes quem possui as garras mais perigosas?" "Sem dúvida são as garras do tigre, pai."

"Quero que respondas a uma última pergunta e te peço que penses muito bem antes de responder: Quem achas que é o ser vivo mais poderoso do mundo?"

Depois de emitir um sonoro e intenso rugido, disse o jovem tigre com orgulho:

"Pai, como é possível que não o saibas? É evidente que o animal mais veloz, com as garras mais afiadas e com o mais potente rugido será, em conseqüência, o mais forte e poderoso da terra, e este sou eu."

"Querido filho, antes eu também pensava assim," admitiu o ancião com a voz entrecortada, "porém um dia descobri que não são os tigres os animais mais poderosos do mundo, mas sim os homens".

O jovem tigre agitou sua cabeça em sinal de protesto, porém o pai, ao perceber um certo grau de vaidade nesse gesto, pediu-lhe que não ficasse contrariado e tentou tranqüilizá-lo:

"Não te preocupes, filho. Escuta-me bem. São os últimos momentos de minha vida e como legado gostaria de deixar-te alguns conselhos."

Obedecendo a seu pai, o jovem tigre levantou as orelhas e dispôs-se a ouvir as sábias palavras do ancião:

"Filho, deves temer o homem e agir com cautela diante dele. Cuidado com suas más intenções e, se não for necessário, não o enfrentes e não ouses medir forças com ele, porque os homens são mais poderosos que os tigres. Não duvides disso."

Depois de pronunciar essas palavras, o velho tigre fechou os olhos e morreu.

Triste e pensativo, o jovem sentou-se por um momento a fim de meditar sobre como poderia ser esse homem que seu pai descrevera. E pensou com certo ceticismo: "Não creio que seu rugido possa ser mais temeroso que o meu, nem que suas garras sejam mais afiadas. Oxalá pudesse conhecê-lo, ainda que fosse só para dar uma olhada de longe. Preciso encontrar suas pegadas e saber onde mora." Deixou, então, voar sua imaginação: "Será forte e robusto como uma montanha, rápido e barulhento como o vento ou escorregadio como a água...? Preciso encontrá-lo logo."

Com todas as dúvidas, especulações e perguntas dançando na mente, saiu à sua procura.

O primeiro animal que encontrou em seu caminho era grande e de pele negra. Estava comendo pasto sob a sombra de uma árvore. Com precaução decidiu permanecer a certa distância e gritou: "És tu um ser humano?" Não lhe pareceu que suas garras fossem muito perigosas e, ao ver como girava a cabeça lentamente e o olhava com desprezo, também não acreditou em sua habilidade.

"Sou um touro selvagem", respondeu o negro animal com voz aguda e pausada.

O tigre perdeu o medo. Mais tranqüilo, aproximou-se para interrogá-lo:

"Já viste um homem alguma vez?"

"Claro que conheço os homens. Já os vi muitas vezes."

"Diz-me", interessou-se o tigre, "como são? É verdade que seu rugido é penetrante e suas garras podem destruir qualquer coisa?"

"Mas que bobagens!", caçoou o touro. "O homem não emite rugido algum e suas garras são tão fracas e pequenas que não servem nem para fazer um buraco na terra."

"Com certeza entendi mal", disse o tigre não muito convencido. "Então deve ter as mãos muito fortes."

"Que ignorante e imaturo és. As mãos do homem são tão delicadas como o corpo de um peixe. Seu corpo também não é grande. Se deres um sopro sairá voando."

"Não acredito em ti, estás enganado", disse um tanto ofendido. "Meu pai era mais sábio que tu e tua descrição não tem nada que ver com o que ele me contou."

O jovem tigre continuou a caminhada em direção ao deserto. Lá encontrou um animal muito alto, com as pernas muito compridas, coberto por um pêlo queimado e uma curiosa corcova. "Que esquisito", pensou. "Por que tem a pele tão peluda se faz tanto calor? Deve ser um pouco friorento." Dirigiu-se até ele e em tom amável perguntou:

"Tu não serás um ser humano?"

O animal soltou uma gargalhada e agitando a cabeça de um lado para o outro respondeu:

"Eu sou um camelo e não me pareço em nada aos seres humanos. Conheço-os bem porque faz muito tempo que trabalho para eles dia e noite."

"Pois se trabalhas para eles, devem ser maiores que tu", disse o tigre surpreso.

"Que nada! O homem é muito pequeno. Para poder subir na minha corcunda, preciso agachar-me."

"Como é possível?" pensou o tigre. "Pelas coisas que ouço, creio que meu pai talvez nunca tenha conhecido os homens..., mas ele não poderia ter-me enganado. Não! Preciso encontrar um ser humano seja como for e averiguar como é esse estranho ser." Com esse propósito, despediu-se do camelo e foi embora.

Depois de percorrer um longo caminho, chegou a um prado e atrás de umas árvores ouviu alguém que estava cantando. Dirigiu-se para lá nas pontas das patas para não assustar quem estava cantando e qual não foi a sua surpresa ao ver um ser de corpo nu.

"Que ser mais ridículo!" Resmungou em voz baixa. "Nunca vi algo semelhante. Não tem nem garras, nem a pele grossa..., é tão sem graça que nem sequer pode cortar a lenha com seus dentes."

De um pulo aproximou-se e observou-o por algum tempo.

"Ei, você!" gritou. "Até hoje nunca tinha visto um ser tão estranho. Como se explica que os ursos e os lobos não te tenham devorado até agora? Talvez sejas a formiguinha de que tanto ouvi falar."

"Não, não sou uma formiga", respondeu ele um tanto assustado.

"Por acaso és um ouriço?" insistiu o tigre.

"Não senhor, não sou um ouriço. Não vês que meu corpo não está cheio de espinhos?"

"Pois então, o que és, um lagarto?"

"Não, energúmeno. Por que me fazes tantas perguntas? Eu sou um ser humano."

O tigre ficou chocado e começou a rir.

"Jo, jo, jo... Tu, um ser humano. Eu poderia matar-te só de te tocar. E meu pai te temia tanto."

"Teu pai não devia estar em seu juízo perfeito quando te falou a respeito dos homens," disse aquele velho lenhador para tranqüilizá-lo.

"Deve ser verdade, pois estava à beira da morte quando falou comigo. Talvez estivesse delirando", concordou o tigre um pouco duvidoso.

"É provável. Porque se estivesse bem de saúde não teria por que temer os homens. Com teu punho podes mandar-me ao outro lado do mundo em um instante."

"Pois isso é o que vou fazer. Por tua culpa faz dias

que não durmo e agora tu vais me pagar. Começa a pensar em teu último desejo porque não posso me conter."

"A verdade é que não me importaria deixar de viver. Na minha idade, se não morro hoje será em breve, e antes de transformar-me em carniça para outros animais selvagens prefiro que um tigre como tu me coma. Porém antes, e como não tenho a quem deixar minhas propriedades, deixa-me que te mostre o que tenho para que possas aproveitar."

"Está bem", concordou o tigre, "mas apressa-te que estou com muita fome."

Os dois dirigiram-se à choça do lenhador e lá chegando o ancião disse:

"Senhor tigre, isto é tudo o que possuo."

O tigre olhou o interior da choça e perguntou:

"Para que serve isso, para que a construíste?"

"Não sabes como é confortável morar aqui. Graças a ela nem a neve, nem a chuva, nem o sol, nem o inverno interrompem meu sono."

"Hum! Eu gosto. Depois de comer-te deitarei um pouco e descansarei."

"Há um problema", disse o velho com picardia. "É que não sabes como usá-la, como abrir a porta e como fechá-la."

"Pois mostra-me", insistiu o jovem tigre com pressa.

"Está bem. Mas não deves aborrecer-te nem mpacientar-te", aconselhou o ancião. "Verás. Eu entro na cabana e fecho a porta. Agora, experimenta para ver se consegues abri-la", gritou ao tigre que tinha ficado do lado de fora.

O robusto tigre empurrou com suas patas uma e outra vez, porém a porta não se abria. O lenhador, do lado de dentro, disse-lhe:

"Vês que lugar seguro? Aqui não tenho medo nem sequer de ti".

"Talvez não penses sair mais", disse-lhe o tigre um tanto aborrecido.

"Enganas-te, pequeno, eu sempre cumpro minha palavra. Já vou sair."

E abriu a porta para mostrar ao tigre que podia confiar nele. "Que estúpido chega a ser o homem", pensou, "podendo estar a salvo de minhas garras, está disposto a sair para que eu o devore."

O lenhador convidou novamente o tigre para que desse uma olhada na sua cabana e ele, sem pensar, saltou para dentro. Não podia imaginar que aquele insignificante ser humano fosse capaz de preparar-lhe uma armadilha. Porém equivocou-se. Assim que seu rabo cruzou o umbral, o lenhador fechou a porta com força e colocou-lhe um cadeado muito seguro para que ele não pudesse escapar. Pegou seu machado e tranqüilamente continuou seu trabalho.

O conto do amor

Era uma vez uma princesa de caráter insolente e caprichoso que vivia num luxuoso palácio de um país distante no Extremo Oriente. Seu pai reinava de forma despótica e tinha a seu serviço dezenas de criados para cuidar de suas posses e das de sua filha.

Alí, como se chamava um de seus criados, estava há muito tempo apaixonado pela princesa e vivia atormentado, pensando que em breve teria de abrir seu coração e declarar-lhe seu amor.

A ocasião chegou num dia de primavera. As mariposas voavam por entre as flores do jardim do palácio, e a pequena corria, agitada, tentando pegá-las. Alí, apoiado no tronco robusto de uma árvore, observava-a sorridente ao vê-la correr de um lado a outro. Por um momento esqueceu que era a filha do rei.

De repente, uma borboleta de asas vermelhas pousou num galho que se prolongava sobre a cabeça de

Alí. A princesa aproximou-se e, ao ver que não podia alcançá-la, ordenou ao criado que a suspendesse sobre seus ombros. Devido a sua pouca estatura ele não conseguiu suspendê-la. Então, para agradá-la, Alí subiu na árvore. Deixou que a borboleta voasse livremente e em seu lugar colheu uma flor. Antes de colocá-la no cesto de vime que a menina carregava pendurado no braço, Alí fixou seu olhar nos imensos olhos negros da princesa e, sem poder dominar seus sentimentos, disse com timidez:

"Princesa, eu te amo. Gostaria de rogar-te que daqui a alguns anos, quando formos mais velhos, me dês a honra de casar-te comigo."

"Criado sujo!" exclamou ela. "Como te atreves a falar-me deste modo? Esqueceste que sou uma princesa e tu meu servidor? Fora das minhas vistas! Mandarei que te mandem embora daqui."

Sem conseguir conter a fúria que a dominara, a menina desmaiou. Suas criadas levaram-na para dentro do palácio a fim de que descansasse. O médico da corte atendeu-a cuidadosamente durante alguns dias até que recuperou as forças. O rei, ao saber do sucedido, ordenou que expulsassem Alí da cidade e ameaçou matá-lo se lá voltasse.

Passaram-se alguns anos. A garota ia se transformando em uma moça cada vez mais egoísta e convencida. O rei não tinha tempo para ela, que se sentia só e se fechava dentro de si mesma. Achava que ninguém tinha suficiente categoria para merecer sua amizade.

Para evitar a apatia, fez construir duas piscinas de enormes dimensões. Encheram uma delas com leite fresco e a outra com água de rosas e jasmim. A princesa passava o dia de molho, porém não se divertia. Só quando dormia e Alí aparecia em seus sonhos se sentia feliz. Porém, assim que lembrava que era a filha do rei e Alí apenas um miserável criado, acordava enfurecida e sobressaltada, sem poder controlar sua indignação. Esse sonho repetia-se todas as noites, como se ele jamais tivesse abandonado seus pensamentos.

Príncipes de longínquos países diariamente chegavam ao palácio para render-lhe homenagens e pedi-la em casamento, porém ela não demonstrava o menor interesse. Com certo despeito argumentava: "Eu não posso gostar de ninguém a não ser de mim mesma."

Numa manhã, quando a princesa estava numa das piscinas, uma pomba branca pousou sobre o galho de um pé de romã. Dirigindo-se a ela com admiração e respeito, exclamou:

"Oh! Formosa garota, sai da água para que possa desfrutar da tua beleza."

"Pássaro sujo!" respondeu enfurecida. "Ordeno-te que vás embora daqui. Ninguém tem direito de admirar o corpo de uma princesa, nem é digno de falar com ela."

A pomba, sentindo pena de sua condição, respondeu:

"Oh! Bela mulher. Sei que faz muito tempo não tens amigos e estou certa de que te agradaria conversar comigo sobre tua solidão."

Estas palavras abrandaram seu coração. Por um instante sentiu-se mais humana e disse com voz doce:

"Simpática pomba, não me olhes, não fica bem."

"Não posso afastar meus pequenos olhos de tua beleza", insistiu a pomba. "Apaixonei-me por ti."

"Mas eu não aceitarei o amor de um pássaro que

não conheço", respondeu com desconfiança. "Se deveras me amas, sai de teu disfarce para que eu também possa ver-te."

A pomba abaixou a cabeça, e depois de coçar suas costas com o bico, acrescentou:

"Bela moça, não estou segura de que aceites meu amor. Se me concederes algo que te pertença talvez possa dizer-te minha identidade.

"Pede-me o que quiseres."

"Gostaria que me desses teu sono."

"Para que queres meu sono?" perguntou surpresa.

"Logo verás para que me serve."

A princesa aproximou-se da borda da piscina e depois de meditar por uns instantes, aceitou:

"De acordo, meu sono será teu."

Nesse momento ouviram-se os passos das criadas que se aproximavam com as toalhas limpas nas mãos.

"Bem, tenho que ir", disse a pomba. "Ah! Lembra-te de que a partir de agora teu nome será Simín. Não fica bem que uma moça tão bonita não tenha nome."

Assim que a pomba levantou vôo, a princesa aborreceu-se novamente ao pensar que tinha permitido que um pássaro insignificante se aproximasse dela. Mas já era tarde e a pomba possuía seu sono.

A partir desse dia, a princesa não conseguiu mais dormir. A insônia tornava-a irascível e solitária. Caiu doente. Por sua cama desfilaram todos os médicos do país mas como o pai não permitia que a examinassem, nenhum deles pôde saber o que lhe acontecia.

Cansado de tantos fracassos, o rei mandou chamar um velho curandeiro que, apesar de seu aspecto, era capaz de encontrar remédio para as doenças mais inexplicáveis. Assim que o ancião viu a princesa, disse a seu pai:

"Se quiseres que a princesa sare, é preciso que alguém lhe conte o Conto do Amor. Só assim poderá recuperar o sono."

O rei ordenou que procurassem por todo o país alguém que conhecesse tal relato em troca de uma grande recompensa. Porém, como costuma acontecer nesses casos, muitos impostores chegaram ao palácio dizendo conhecer a verdadeira história, mas a moça não sarava. Todos eles pagaram seu engodo com a vida.

O curandeiro dirigiu-se novamente ao rei e advertiu-o:

"Não percas tempo com gente de má fé. Eu sei de um jovem pastor que vive nas montanhas e que estaria disposto a ajudar vossa filha. Ele conhece o relato, mas só virá se vós mesmo fordes buscá-lo."

Sem mais demora, o rei montou em seu cavalo e, acompanhado por sua guarda real, encaminhou-se às montanhas. Ali encontrou o pastor, o qual lhe assegurou conhecer o verdadeiro Conto do Amor e concordou em contá-lo à princesa, rejeitando, porém, qualquer recompensa, pois, conforme disse ao rei, aquele conto só tinha efeito quando contado por amor.

O rei ficou indignado com o atrevimento do jovem por não aceitar ouro e prata em troca de seus serviços. Apesar disso, montou-o em seu cavalo e galoparam com toda pressa em direção ao palácio. Ao chegar, conduziram-no ao quarto da princesa. Fizeram-no sentar-se atrás de uma cortina de seda para que não pudesse vê-la e todos permaneceram à espera do início do relato.

O pastor, surpreso com tanta cautela, disse:

"Para que o Conto do Amor surta efeito, é preciso que nos deixem a sós. Só ela pode ouvi-lo."

O rei, reticente e contrariado, ordenou que saíssem do quarto. Quando todos tinham saído, o jovem afastou a cortina, sentou-se junto à princesa e com voz suave e terna sussurrou:

"Simín, bela mulher, estás me ouvindo? Vim para contar-te o Conto do Amor."

Ao ouvir aquela voz conhecida, a garota volveu a cabeça e, olhando para o jovem, respondeu:

"Sim, estou ouvindo."

O pastor tomou-lhe a mão com ternura e iniciou o relato:

"Era uma vez um rei que tinha uma filha de sete anos. A princesa vivia rodeada de criados que estavam a seu serviço. Entre eles, havia um garoto chamado Alí que estava apaixonado por ela. Num dia de primavera, enquanto a menina brincava no jardim, Alí declarou seu amor. A princesa sentiu-se muito ofendida e fez com que o expulsassem do palácio devido ao seu atrevimento. Ela nunca mais tornou a saber dele nem se interessou pelo que pudesse ter-lhe sucedido."

"E o que lhe sucedeu?", perguntou a princesa.

O jovem prosseguiu:

"Depois de sair do palácio, Alí dirigiu-se às montanhas em busca de seu pai, um velho pastor que estava muito doente. O pai alegrou-se muito com sua chegada, já que lhe restavam poucas horas de vida e tinha que pedir-lhe um favor. Ofegante, disse-lhe:

"Chegaste a tempo, filho, vou morrer. Imploro-te

que não deixes tua irmã abandonada. Cuida dela e procura torná-la feliz."

Em poucas horas morreu. Alí enterrou-o no cume da montanha. Ao entardecer, sua irmã voltou com o rebanho e encontrou-o sentado no umbral de sua casa, triste e cabisbaixo. Ele sabia que ía entristecê-la quando soubesse o que havia ocorrido. Juntos choraram a morte do velho pastor até o amanhecer e colocaram flores sobre seu túmulo.

Passaram-se anos. Eles cresceram até chegar à adolescência. Trabalharam duramente, cuidando do gado. Nos dias frios de inverno, quando não podiam levar o rebanho ao pasto, Alí ficava arrumando a casa enquanto sua irmã ia fazer as compras na cidade.

A irmã de Alí era chamada de Shagayeg porque tinha as faces rosadas como amapolas. Ela era terna como a brisa de primavera. Sua pele reluzia como o sol de verão. Diziam que seu encanto era tão atrativo e mágico como a lua cheia das noites de inverno.

Um dia, quando voltavam para casa com o rebanho, perceberam que uma cabra se extraviara. Depois de cruzar a cordilheira acompanhado por seu cão, Alí chegou ao rio e avistou a cabra bebendo água na beira. O cachorro correu ao seu encalço. De repente, Alí surpreendeu-se ao ver sete cavalos brancos descendo velozmente pela ladeira da montanha. Mandou o cachorro voltar para casa com a cabra e escondeu-se atrás de uma pedra, perguntando-se para onde estariam se dirigindo.

Ao chegar ao rio, os cavalos submergiram e encheram suas alforjes de água. O pastor ouviu um deles comentar com tristeza:

"É insuportável a solidão naquele frio palácio. Gostaria de voltar para a cidade. Regressai com vossas primas."

Seus companheiros o consolaram e tentaram convencê-lo de que deveria ter paciência, assegurando-lhe que no final encontraria a felicidade. Juntos recomeçaram a marcha. Alí correu atrás deles. Depois de atravessar imensos campos, percorreram um longo caminho até chegar a um bosque onde o único som era o silêncio. Sete formosos palácios surgiram entre as frondosas árvores.

Depois de despedir-se e desejar boa noite, cada eqüino entrou em seu palácio. No mesmo instante, seis pombas brancas desceram do céu e seguiram os seis animais. De repente, ouviu-se um profundo lamento. Alí percorreu cada um dos sete palácios em busca da alma sofredora. Cada um deles estava habitado por um rapaz e uma moça repletos de felicidade. No sétimo encontrou um jovem que tentava acalmar sua tristeza desenhando uma amapola. Alí foi até ele e pegando o jovem de surpresa, perguntou-lhe:

"Por que choras?"

Contente por ter uma companhia, o rapaz convidou-o a sentar-se sobre uma confortável almofada e explicou-lhe a razão de sua tristeza:

"Meus seis irmãos e eu morávamos na cidade até pouco tempo atrás. Durante o dia, trabalhávamos na ferraria de nosso pai. De noite, descíamos ao porão e dedicávamo-nos à fabricação de espadas para os guerreiros. Meu pai era um mestre e suas espadas eram apreciadas em todo o reino. Um dia, preocupado com nosso futuro, disse: 'Minha vida está chegando ao fim.

Por isso pensei que, para que nosso negócio continue, precisais casar com mulheres que vos compreendam e saibam respeitar vosso trabalho. Vosso tio e eu decidimos que devereis unir-vos com vossas primas e formar uma família. Porém, para provar que mereceis seu amor, devereis passar por uma prova.'

Então, mostrou-nos um baú fabricado com madeira nobre e continuou:

'O baú contém as senhas que vos permitirão encontrar as mulheres que vos esperam. Para abri-lo tereis que fabricar uma espada suficientemente forte para parti-lo em dois.'

Pusemo-nos a trabalhar sem descanso. Depois de destruir algumas espadas, finalmente conseguimos que uma delas resistisse à pancada e o baú mostrou seu segredo. Dentro dele, um bela caixa de esmeraldas continha a resposta para nossos destinos: uma pequena folha de pergaminho dizia assim: 'Queridos primos, estamos esperando por vocês. Perguntai à primeira amapola da primavera onde podeis nos encontrar.'

Naquele inverno tivemos que trabalhar muito para manter o prestígio do nosso pai, morto há algumas semanas. Os guerreiros da cidade tinham feito uma encomenda de cinco mil espadas que devíamos entregar antes da chegada da primavera. Por outro lado, não podíamos perder o nascimento da primeira amapola da primavera se quiséssemos encontrar o amor. Por sorte, o inverno tinha sido muito duro e a primavera atrasou-se.

Terminamos nosso trabalho e tão logo como o degelo que começou a deixar os campos limpos, fomos em busca da consagração da primavera. Num entardecer, estávamos admirando o pôr-do-sol por trás de uma colina, quando a silhueta de uma pequena flor apareceu na nossa frente. Com a alegria contida em nossos corações, corremos até ela. Era uma amapola de um vermelho intenso, com uma pequena marca preta no meio de uma de suas pétalas. Tal como nos indicava a mensagem, perguntámos pelo paradeiro de nossas primas e com muita amabilidade e doçura, ela indicou-nos o caminho a seguir. Além disso, para que pudéssemos chegar com maior rapidez, concedeu-nos a possibilidade de nos transformarmos em pombas e cavalos. Suas últimas palavras foram dirigidas a mim: 'Gostaria que me levasses contigo, mas como o frio deixou a terra pouco fértil, devo ficar para que os campos possam vestir-se de vermelho e dar alegria às pessoas do lugar.'

'Transformamo-nos em pombas para cruzar mares e montanhas. Ao chegar ao vale, transformamo-nos em cavalos e depois de atravessar um longo caminho, descobrimos este tranqüilo bosque com sete luxuosos palácios. De noite, seis pombas brancas planaram até o umbral dos palácios de meus irmãos. Quando fomos ao seu encontro, encontramos seis belas moças que se uniram a eles com profundo amor. Eu não compreendia o motivo de minha solidão e foi quando uma delas me disse: 'Nossa irmã menor teve que ficar na colina para que as amapolas florescessem e cobrissem a terra de um vermelho intenso. Ela sente um grande amor por ti, mas agiu assim para que as pessoas não esqueçam o mágico esplendor da primavera.'

Eu compreendi suas palavras e alegrou-me muito saber que aquela amapola com uma marca em sua pétala era a mulher de meus sonhos: uma pessoa generosa, capaz de sacrificar-se para conseguir a felicidade dos outros.

Pensar nisso fez-me sentir uma enorme nostalgia. Agradeço-te a paciência que tiveste. Chorei por causa de minha solidão e tu me ajudaste a desabafar."

Quando o jovem terminou sua história, Alí disse-lhe:

"Compreendo-te muito bem. Eu também conheço a solidão. Ofereci meu coração à filha do rei, porém ela desprezou-me e não tornei a vê-la. A moça de teus sonhos é uma grande mulher e vale muito mais que todas as princesas egoístas e convencidas como a que me roubou o coração. És um homem afortunado, meu jovem amigo."

Ao terminar essas palavras, Alí ficou pensativo por alguns instantes e de repente escutou uma voz interior que lhe dizia: " – Shagayeg, tua irmã ficou sozinha na cabana. Ela te estima e agora tu deves ajudá-la a ser feliz."

Uma pergunta do jovem afastou-o de seus pensamentos:

"Vives só?"

Alí sobressaltou-se e respondeu:

"Moro com minha irmã."

Então recordou as palavras de seu pai antes de morrer: "Cuida muito de tua irmã e procura a sua felicidade."

Sem pensar em mais nada, agarrou o jovem pelo braço e arrastando-o até a porta, disse-lhe:

"Acompanha-me sem perder tempo. Eu sei onde podes encontrar tua amapola."

Os dois moços transformaram-se em pombas e dirigiram-se para a montanha onde morava Alí.

Shagayeg estava penteando as ovelhas, sentada sobre uma caixa de madeira. A lua iluminava a casa e observava a moça com ternura. Ao ver-se espreitada pelas nuvens que começavam a cobrir o céu, advertiu-lhe: "Sagayeg, levanta-te e acende o fogo pois logo minha luz deixará de iluminar tua casa."

Quando se dispunha a acender as lamparinas de azeite, duas pombas pousaram em uma das janelas da cabana. Uma era branca como a neve. A outra tinha uma marca vermelha no peito. A garota pensou que estivessem assustadas e tomou-as entre as mãos, dizendo-lhes:

"Coitadinhas. Estais perdidas?"

Com grande delicadeza beijou a pomba da marca vermelha. Deixou-as no chão e foi em busca de sementes para alimentá-las. Aproveitando que a jovem tinha saído do cômodo, os rapazes revelaram suas identidades e os cães, ao reconhecer Alí, pularam sobre ele mexendo as caudas de contentamento.

Ao ouvir os cachorros, a moça correu de volta e chorou de alegria ao ver seu irmão.

"Onde estiveste? Estava muito preocupada contigo," disse-lhe entre soluços.

Alí abraçou-a com força e quando tentava apresentar-lhe o seu companheiro, ela perguntou:

"Não viste duas pombas brancas?"

"Quando entramos, fugiram pela porta", respondeu sorrindo. "Não devem estar muito longe. Vou buscá-las."

Alí sentou-se no umbral da casa e esperou confiante que Shagayed aceitasse o amor do jovem ferreiro. Pouco depois, os dois apaixonados abriram a porta e anunciaram-lhe sua partida para o bosque. O jovem transformou-se num cavalo branco. A moça subiu em seu dorso e partiram velozes enquanto Alí se despedia deles, agitando os braços, cheio de felicidade.

Na noite seguinte, todos os animais do reino acudiram ao bosque para o casamento dos sete irmãos. A lua apresentou-se com todo seu esplendor e foi uma festa alegre e bonita. Ao terminar o banquete, decidiram voltar para a cidade e deixar o bosque que tinha assistido à sua história. Alí dirigiu-se até a colina acompanhado por seu cão...

O pastor interrompeu seu relato por um momento. Olhou os grandes olhos negros da princesa para observar sua reação e então a garota perguntou com voz trêmula:

"Que aconteceu a Alí?"

O pastor prosseguiu:

"Alí voltou para as montanhas, porém seus pensamentos continuavam vagando pelo palácio do rei. Estava apaixonado e não deixava de pensar na princesa e na forma de conseguir seu amor. Um dia decidiu transformar-se em uma pomba e voar até o jardim onde a princesa costumava distrair-se, banhando-se em suas piscinas. Pousou no galho de um pé de romã, admirou sua beleza e pediu-lhe que lhe desse seu sono. Depois de concordar com o pedido, a princesa caiu doente e um velho curandeiro aconselhou que o melhor remédio seria o Conto do Amor."

Alí esboçou um sorriso e disse à princesa:

"Sim, minha querida Simín, a vida é assim. Um dia o rei expulsou-me do seu palácio como a um cachorro doente e depois teve que recorrer a mim para curar tua enfermidade."

Simín rompeu a chorar. Olhou para Alí, indefesa, como que pedindo-lhe perdão e entre lágrimas balbuciou:

"Leva-me contigo. Eu não quero ser uma princesa."

"Não te será fácil viver como as pessoas sem privilégios" respondeu. "Porém, se tiveres força de vontade, poderás conseguir. Se quiseres, estou disposto a te ajudar."

Alí tirou uma maçã do seu bolso e ofereceu-a à princesa para que ela recuperasse as forças:

"Come esta maçã e descansa. Voltarei em breve para buscar-te."

A princesa caiu em um doce sono. Alí beijou-a e saiu do quarto à procura do rei a quem disse respeitosamente:

"Senhor, devolvi o sono a sua filha que dormirá durante três dias. No quarto dia, podereis despertá-la."

Ao amanhecer do segundo dia, quando o sol estava prestes a surgir no horizonte, uma pomba apareceu na janela do quarto. Entrou sem fazer barulho, colocou uma rosa sobre a boca da princesa e esperou. A garota acordou, abriu os olhos e sorriu.

"Dormiste bem?" perguntou-lhe Alí.

"Tive um doce e maravilhoso sono", respondeu feliz.

"Levanta-te e toma pela última vez banho em tua piscina. Depois partiremos para nunca mais voltar."

Já tinha surgido o sol quando duas pombas brancas levantaram vôo, partindo do galho de um pé de romã na direção das montanhas.

O camponês inteligente

Três jovens amigos juntaram-se num verão para fazer uma pequena viagem e divertir-se um pouco. O primeiro deles pertencia à escola filosófica sufista e diferenciava-se pelo capuz dos daraviches. O segundo era um *ajun,* sacerdote da religião muçulmana, que costuma usar um turbante para cobrir a cabeça. E o terceiro era um *seyyed*, descendente do profeta Mahomé, caracterizado por um turbante preto e um cinto verde como a bandeira islâmica.

Como a forma de vida de todos eles estava norteada pela religião e a filosofia, nenhum trabalhava e vagavam durante o dia de um lado para outro sem fazer praticamente nada.

No dia em que saíram de viagem, chegaram a uma aldeia e em uma pequena rua deram com uma porta entreaberta que levava a um jardim cheio de árvores frutíferas. Decidiram entrar e descansar, enquanto comiam frutas frescas à sombra de uma árvore. Riam e engoliam como bobos, enquanto as cascas e desperdícios das frutas iam acumulando-se ao seu redor. Pouco depois apareceu um jardineiro que se incomodou porque aqueles fanfarrões estavam estragando o jardim que tanto trabalho lhe dava. Dirigiu-se a eles e lhes disse com cautela:

"Boa tarde, cavalheiros. Bem-vindos sejam ao meu jardim."

Os jovens, que estavam deitados no gramado, aprumaram-se rapidamente e com um certo atrevimento retribuíram a saudação. No entanto, surpreenderam-se com a amável acolhida daquele homem e, olhando uns para os outros, permaneceram calados sem saber o que dizer. O homem então continuou falando:

"Que sorte que eu tive. Hoje estava muito só e Deus enviou-me três simpáticos jovens. Estão à vontade? Está gostosa a fruta?" perguntou disfarçando o aborrecimento.

"Não podemos nos queixar", respondeu um deles só para dizer algo.

O jardineiro notou que os jovens eram muito fortes e que ele levaria a pior se tentasse expulsá-los todos juntos. De maneira que arquitetou um plano para livrar-se deles um a um. Achou que o sufista era o mais fraco e dirigiu-se a ele:

"Seria amável a ponto de trazer-me a manta que está em minha cabana? A relva está um pouco úmida e isso não é bom para meus ossos."

Tão logo o sufista tinha dado um par de passos, o jardineiro aproximou-se dos outros e, com voz baixa, tentou convencê-los de que a companhia do amigo não lhes era conveniente.

"Irmãos, os senhores guiam meu caminho. Eu sou seu servidor. Os *ajund* iluminam-nos e o senhor", olhando fixamente para o *seyyed*, "é o descendente de nosso profeta. Sempre serão bem-vindos a minha casa. O que não entendo é por que são acompanhados por este seguidor da filosofia sufista. São vagais e nada fazem por nós. Se ele se for, os senhores serão meus convidados por mais uma semana."

Olharam um para o outro e, dando de ombros em sinal de conformidade, permitiram que o jardinrio expulsasse de seu jardim o rapaz do capuz. Atônito e desconcertado pela pouca solidariedade de seus amigos diante do desprezo daquele homem, ele pegou suas coisas e preveniu-os para que não ficassem tão tranqüilos pois o mesmo sucederia com eles.

O plano tinha funcionado. Só lhe restavam dois. Sua próxima vítima seria o rapaz do turbante preto. Mandou-o ir à sua casa, a qual distava uns quinhentos metros, com a desculpa de que fosse buscar a comida que sua mulher estava preparando para compartilhá-la com eles. O *seyyed* pôs-se em marcha e quando ficaram sós, o homem aproximou-se do *ajund* e lhe disse:

"Não há por que ser generosos com aqueles que não fazem nada pelos demais". O *ajund* pensou que ele estivesse falando do sufista. "O senhor trabalha nas mesquitas guiando o povo pelo caminho da bondade, porém seu amigo, que utilidade tem? Só porque usa um xale verde e diz que é descendente de Maomé? E você acredita?" O rapaz ficou surpreso. "Será que não é um farsante que usa o nome de Maomé em seu próprio proveito? Eu lhe permito ficar no meu jardim o quanto quiser se me permitir expulsar seu companheiro de meu jardim. Quero aprender sobre o senhor e sobre sua religião."

"Sim, porém..." quis interromper o jovem, sem conseguir.

"Pode deixar que eu resolverei tudo."

Quando apareceu o *seyyed* com as mãos vazias, pois não havia nenhuma mulher na casa, o homem recebeu-o com palavras bem menos amáveis que as pronunciadas há alguns instantes.

"Bem, jovem, seu companheiro e eu estivemos conversando e tornamo-nos bons amigos. Gostaria de passar mais algumas horas a sós com ele, por isso peço-lhe que se vá e não volte nunca mais."

Traído pelo amigo, recolheu suas coisas e partiu.

Assim que ficaram sós, o jardineiro começou a atacar o *ajund*.

Bem, agora vamos conversar o senhor e eu", disse-lhe, mudando o tom de suas palavras.

O *ajund*, surpreso pela frieza com que o outro se dirigia a ele, exigiu-lhe uma explicação, arqueando as sobrancelhas. Então o jardineiro exclamou:

"Com que direito vocês entram em uma propriedade que não é sua? Com que permissão comem as frutas? Por acaso sua religião lhes ensina que devem aproveitar-se do trabalho dos outros?"

"Pode ser que tenha razão", respondeu o *ajund* com certa timidez, "porém o senhor recebeu-nos calorosamente a princípio, por isso agora não entendo seu mau humor."

"O que eu entendo é que cada um dos senhores agiu em benefício próprio. Primeiro ao entrar aqui e comer o fruto do meu trabalho, sem ter sido convidado. E depois, ao permitir que fosse expulsando um a um só para poder deitar à sombra de uma árvore. Diante de três jovens altos e fortes, a única coisa que poderia fazer era desfazer-me de vocês pouco a pouco."

Ao terminar de falar, houve um momento de silêncio. O jovem levantou-se, recolheu os desperdícios que tinham ficado sobre a relva e foi embora levando consigo a lição aprendida.

Nasrïn

Há muitos anos viveu uma menina chamada Nasrïn. A menina era órfã de mãe e seu pai casara-se de novo. A madrasta tinha uma filha, mais ou menos da sua idade, porém mimada excessivamente e de muito mau caráter.

Nasrïn fazia o trabalho mais pesado da casa: limpava, ordenhava as vacas, saía para cortar lenha, fazia a comida... enquanto sua meia-irmã passava a maior parte do tempo dormindo, comendo e olhando-se no espelho. Nasrïn, além de ser a que mais trabalhava, ainda era insultada, recebendo um tratamento vexatório.

Um dia, a madrasta deu-lhe um monte de lã e ordenou-lhe com tom ameaçador:

"Sobe a montanha e fia toda esta lã. Se não voltares até o entardecer, não entrarás em casa."

Acompanhada por sua vaca amarela, Nasrïn dirigiu-se à montanha. Sentou-se sobre a relva e quando se dispunha a iniciar sua tarefa, um forte vento espargiu toda a lã pelo monte. A menina correu atrás para tentar recuperá-la e ao ver que era impossível, gritou:

"Por favor, querido vento, não leves minha lã! Minha madrasta não me deixará voltar para casa."

O vento compadeceu-se dela e com um pequeno redemoinho agrupou de novo toda a lã, colocando-a no quintal de uma cabana próxima. Justamente quando Nasrïn ia recolhê-la, uma velha foi ao seu encontro e perguntou-lhe:

"Que fazes, pequena?"

"O vento levou minha lã", disse um tanto assustada.

"Bem, podes levá-la. Mas antes responde a uma pergunta. A menina permaneceu de pé, tentando segurar a lã entre os braços.

"O meu cabelo está mais limpo que o da tua mãe?"

A menina fixou o olhar no cabelo da anciã e viu milhares de piolhos locomovendo-se num cabelo oleoso e despenteado. Soltou as lãs inconscientemente, mas para não ofendê-la, respondeu:

"Sim, sem dúvida. Seu cabelo está muito mais limpo."

"Bem, pequena", respondeu-lhe a velha muito satisfeita, "agora entra na casa, levanta o tapete e diz-me se encontras algo em baixo."

Ela entrou e percebeu que não era necessário levantar o tapete para adivinhar o que encontraria. O pó cobria todos os móveis, muitas teias de aranha se balançavam pelos cantos e uma multidão de insctos percorria a casa. Porém, como o que ela mais queria era ir embora daquele lugar sujo, tornou a mentir:

"Devo admitir que minha mãe não tem a casa tão limpa. Posso ir agora?" perguntou-lhe apressadamente.

"Menina", disse a anciã docemente, "entreguei tua lã ao vento para que ele a leve onde está tua vaca. Agora já podes ir, porém antes escuta meu conselho: no caminho, encontrarás três rios. Lava-te nas águas transparentes do primeiro, molha teu cabelo e tuas sobrancelhas no mais escuro e umedece teus lábios no rio de água avermelhada. Quando terminares, levanta a cabeça e cumprimenta a lua."

Antes de encontrar-se com a vaca, Nasrïn banhou-se nos três rios, seguindo as instruções da velha. Ao chegar, descobriu com surpresa que a lã já estava limpa e fiada. Ficou muito contente e voltou para casa.

Estava escurecendo e a madrasta permanecia atrás da janela, esperando que o sol se escondesse no horizonte a fim de não deixar Nasrïn entrar. De repente viu uma forte luz que descia pelo caminho e enfureceu-se ao descobrir que era Nasrïn com uma intensa lua que iluminava sua frente. A madrasta gritou-lhe:

"Onde te meteste? Apressa-te que ainda tens que preparar o jantar."

No dia seguinte, a madrasta pensou em mandar sua filha à montanha. Preparou-lhe uma cesta de comida e com muita ternura pediu a sua filha que fosse fiar a lã.

Assim que chegou, a garota pôs-se a dormir. Um vento forte a acordou de repente e ela começou a amaldiçoá-lo e insultá-lo por ter espalhado a lã. Como ocorreu com sua meia-irmã, as lãs foram jogadas no quintal de uma anciã. Quando a menina chegou, a velha perguntou-lhe:

"Que desejas, menina?"

"Senhora, dê-me minhas lãs que estou com muita pressa," ordenou-lhe em tom depreciativo.

"Não tenhas tanta pressa. Diz-me antes se meu cabelo está mais limpo que o da tua mãe."

"Seu cabelo está cheio de piolhos", exclamou a menina com cara de nojo. "Como posso achar que esteja mais limpo que o da minha mãe?

Percebendo o gênio da menina, disse-lhe:

"Toma tuas lãs. De volta para casa encontrarás três rios. Toma banho no rio escuro, molha teu cabelo no rio avermelhado e umedece teus lábios com a água transparente.

A menina saiu correndo e quando chegou aos rios fez o que ela lhe tinha sugerido.

Ao chegar a casa, sua mãe não podia acreditar no que tinha acontecido com sua filha. O rosto estava preto como o carvão e seu cabelo era de um vermelho intenso.

Em vez de reconhecer a falta de capacidade da filha, derramou sua ira sobre Nasrïn e começou a imaginar como poderia livrar-se de sua vaca amarela para poder atingi-la.

Resolveu fingir que estava doente, esfregando o rosto com açafrão para parecer mais pálida e abatida e dizer ao marido que o único remédio para recuperar a saúde seria comer carne de vaca.

Quando Nasrïn comentou com a vaca as intenções da madrasta, ela a tranqüilizou:

"Não te preocupes, assim que tiverem separado minha carne dos ossos, recolhe-os e esconde-os em lugar seguro. Se tiveres algum problema que queiras contar a alguém, desenterra os ossos e conta-o a eles. Ah, outra coisa", acrescentou a vaca, "podes ter a certeza de que minha carne não será do agrado de tua madrasta. O sabor lhe será amargo como se tivesse comido veneno. Por outro lado, tu saborearás a mais deliciosa carne do mundo."

A menina ficou profundamente triste. Não queria provar a melhor carne, queria que sua amiga permanecesse ao seu lado para sempre.

A madrasta conseguiu realizar seu capricho e a vaca foi sacrificada ao amanhecer. O guisado de carne de vaca foi servido na hora do jantar e ao introduzir o primeiro pedaço na boca, a madrasta deu um grito e cuspiu a carne no chão. "Isto é puro veneno!", exclamou. Nasrïn ria disfarçadamente, quando a madrasta olhando fixamente para ela, obrigou-a a prová-la. Ela obedeceu e seu rosto enrubesceu de prazer. A mulher enfurecida e envergonhada mandou-a para a cama sem que terminasse o jantar.

Passou o tempo. Um dia, o filho do rei organizou uma festa para comemorar sua maioridade. Convidou os vizinhos mais distintos dos arredores e a madrasta fez o possível para não perder o acontecimento.

Vestiu a filha com os melhores trajes e durante uma semana ensinou-lhe bons modos para que ela pudesse transitar pela corte. No entanto, nada fez por Nasrïn, simplesmente porque não pretendia levá-la ao baile. Finalmente chegou a noite da festa e ela foi deixada em casa. "A vida não podia ser tão injusta comigo", pensou. E como estava muito decepcionada, foi contar tudo aos ossos da vaca. Ao terminar o relato, eles começaram a brilhar com uma luz tão intensa como a da lua cheia.

E, de repente, apareceram: um vestido branco, uma coroa e um belo cavalo. Uma grande alegria apoderou-se dela. Sem hesitar vestiu-se, encheu seu bolso esquerdo com pétalas de rosa e o direito com cinzas. Montou no cavalo e partiu velozmente em direção do palácio.

Ao entrar no salão, todos os presentes ficaram perplexos, e abriram caminho para ela. Todos os jovens queriam dançar com Nasrïn. Antes de terminar o baile, ela despediu-se agradecida, atirando pétalas de rosas aos convidados que a aplaudiam, e jogando as cinzas que trazia no outro bolso na madrasta e em sua filha.

As duas mulheres entraram na casa enfurecidas pelo humilhante gesto daquela bailarina pretensiosa. Nasrïn escutava do seu quarto os gritos das mulheres.

Dias mais tarde houve uma segunda festa no palácio. Também não a levaram e ela novamente pediu ajuda aos ossos da vaca. Desta vez a luz resplandecente presenteou-a com um bonito vestido rosa, uma coroa e um cavalo. Foi uma noite tão extraordinária como a anterior. Até dançou com o filho do rei. Ao despedir-se lançou as pétalas sobre os presentes e as cinzas sobre os vestidos das duas mulheres. Porém, desta vez, ao descer as escadarias do palácio tropeçou, e divido à pressa, esqueceu-se do sapato que saíra do seu pé ao cair. O príncipe que corria atrás dela recolheu-o.

No dia seguinte, o rei, a pedido de seu filho, ordenou que procurassem a moça das pétalas de rosa. Os mensageiros chegaram à casa da madrasta que, após uma recepção calorosa, chamou sua filha para que experimentasse o sapato. Por mais que tentasse forçar com um calçador, o sapato não serviu... Então perguntaram à mulher se tinha outra filha. Diante da negativa de sua madrasta, Nasrïn começou a fazer barulho na cozinha onde a tinham trancado. Os mensageiros abriram a porta e quando viram sua beleza, decidiram tentar a sorte. Efetivamente, o sapato era justamente do seu tamanho.

Os criados do rei pediram-lhe que se arrumasse e fosse ao palácio quando estivesse pronta. Agradecida, ela dispunha-se a tomar banho quando sua madrasta, enfurecida, trancou-a no banheiro mandando sua filha em seu lugar.

Mas o príncipe não era bobo, e quando viu que o rosto daquela moça não refletia a bondade da menina das pétalas de rosas, desconfiou e chamou seu criado para que lhe fizesse provar o sapato. Farto já das artimanhas da mulher, decidiu ir pessoalmente buscar Nasrïn para levá-la ao palácio. Ordenou que trancassem a madrasta no calabouço até que o casamento fosse celebrado.

Depois de sete dias e sete noites de festas, Nasrïn pediu ao príncipe que perdoasse a madrasta. Finalmente ele deixou-a ir, mas mandou que fosse morar num lugar muito distante.

Gasedak e a lua

Sogoly era uma menina de sete anos e grandes olhos pretos que, como a maioria dos meninos e meninas, gozava de grande imaginação e fantasia. Amava a natureza e adorava observar o céu ao anoitecer. Antes de dormir, colava seu nariz na vidraça da janela de seu quarto e assim que a lua aparecia, olhava-a fixamente e imaginava que lhe sorria. As estrelas também mexiam com sua fantasia. Tentava contá-las e, ao vê-las piscar, pensava que lhe lançavam um piscar de olhos em sinal de cumplicidade. Para Sogoly a lua era a rainha do céu e as estrelas o séquito que a acompanhava em sua viagem noturna. Seu desejo era subir até ela e admirar a terra à distância.

Numa manhã, ao acordar, percebeu que uma semente coroada de filamentos brancos e sedosos tinha grudado na sua janela. Na linguagem do lugar, era conhecida com o nome de Gasedak e existe a crença de que quando um

Gasedak entra na casa de alguém sempre traz boas notícias e boa sorte. Sogoly pegou o pequeno Gasedak em suas mãos. Sua delicadeza e cor prateada lembraram-lhe a imagem da lua e pensou que talvez tivesse vindo de muito longe para trazer-lhe uma mensagem amistosa. Olhou-o fixamente e decidiu pedir-lhe o seu mais ansiado desejo.

"Gasedak", disse-lhe, "diga à lua que eu gostaria de subir ao céu uma noite destas e compartilhar com ela algumas horas."

Depois de expressar seu desejo, levantou-se e soprou-o com delicadeza para que ele pudesse subir e ser transportado com a ajuda do vento. Sogoly ficou observando como o Gasedak subia e subia até que desapareceu de suas vistas. Naquela noite, ao deitar-se, sentia-se feliz porque estava convencida de que sua mensagem tinha chegado ao seu destino. Olhava para a lua e parecia-lhe que seu brilho era mais intenso que nunca, ao mesmo tempo que seu coração transbordava de alegria. De repente viu que a lua crescia, tornando-se cada mez maior, como se estive aproximando-se dela. Não se enganou. A lua tinha decidido descer para visitá-la. Chegou até sua janela e ainda que surpresa e impressionada, deu-lhe uma calorosa acolhida. A lua tinha recebido a mensagem do Gasedak e não hesitou em atender Sogoly, convidando-a a sentar-se sobre ela para iniciar uma fascinante viagem. "Prepara-te para uma grande aventura", disse a lua com alegria, enquanto tomava ar para iniciar a subida ao céu.

Sogoly estava tão contente que teria desejado que todos os meninos e meninas do mundo pudessem acompanhá-la nessa viagem ao redor da terra. Imediatamente chegaram a um imenso oceano manchado por pequenas ilhas espalhadas em sua superfície. A menina viu sua imagem refletida na água e peixes de todas as cores e tamanhos que dançavam ao redor dela. Os peixes mais atrevidos e habilidosos saltavam por cima da água e a saudavam, agitando suas barbatanas. Era uma experiência extraordinária. Ela também respondia aos cumprimentos agitando suas pequenas mãos e jogando beijos em sinal de agradecimento.

Porém a viagem não tinha terminado. A lua continuou seu caminho até chegar ao deserto. Tudo estava coberto de areia. Fazia muito calor e parecia que nenhum ser vivo habitava aquele lugar. Não havia água, nem flores, nem pássaros. Somente umas poucas colinas de areia quebravam a monotonia da paisagem. "Não fosse o soprar do vento, o silêncio seria o dono do deserto", pensou Sogoly. Parecia-lhe desolador e perguntou à lua se alguém poderia viver cercado de areia por todos os lados.

"A vida no deserto não é fácil", respondeu a lua, "porém, apesar disso, existem animais e pessoas que se adaptaram a esse clima e não saberiam viver sem a paz e a tranqüilidade que lhes oferece o deserto."

Lamentando não poder entender as palavras da lua, Sogoly exclamou:

"Seria bom se pudesse trazer o mar até aqui para que a terra reverdecesse e os pássaros e as flores alegrassem a paisagem... É evidente, porém, que, dessa forma, já não seria um deserto", acrescentou com astúcia.

A lua sorriu e propôs continuar a viagem. Num instante estavam sobre um bosque muito frondoso. A lua tornou sua luz mais intensa para poder descobrir os segredos guardados sob as árvores. Em um clarão entre abetos pôde observar uma pequena gazela que dormia junto a sua mãe e a destreza de uma águia iniciando seus filhotes em seu primeiro vôo.

Sogoly tinha a impressão de ter entrado em um mundo novo. Nunca pensou que a terra fosse tão bela e variada em paisagens e climas. Então, perguntou à lua:

"Qual é para ti o tesouro mais apreciado do nosso mundo?"

"Como pudeste comprovar, a natureza nos oferece muitas coisas bonitas para que possamos desfrutá-las e apreciá-las, porém, para mim, o mais belo tesouro que existe é a amizade, porque compartilhar uma experiência com os outros permite-nos viver mais intensamente e nossos corações enchem-se de alegria.

Sogoly lamentou que a lua estivesse só no céu e pediu-lhe que ficasse com ela, porém isso não era possível e a lua explicou por que:

"Se eu não estivesse no céu, a escuridão se apossaria da terra, os barcos perderiam o rumo, os pássaros não encontrariam seus ninhos e não existiriam as marés..."

"Compreendo", interrompeu a menina, "tu és a lanterna do céu e ali deves permanecer: esse é o teu lugar".

Apoiou a cabeça nos ombros da lua e fechou os olhos.

O sol acariciava o rosto de Sogoly. Acordou, abriu seus grandes olhos pretos e viu o Gasedak sentado no parapeito da janela. Pegou-o entre suas mãos, beijou-o e disse com ternura: "Meu querido Gasedak, leva meus cumprimentos à lua e diz-lhe que sempre estarei esperando sua visita." E deixou o Gasedak nos braços do vento, que subiu e subiu até que desapareceu dos olhos cheios de alegria de Sogoly.

A boneca paciente

Em um recôndito lugar do mundo, uma menina de doze anos chamada Safa ajudava seus pais nas tarefas habituais da casa. Eram camponeses simples que passavam a maior parte do dia trabalhando no campo, enquanto ela limpava a pequena granja e dava de comer e beber aos animais. Cada manhã ia pegar água num poço próximo. Gostava de correr entre as flores e capturar as borboletas com o balde ainda vazio. Apesar de trabalhar muito, os animais e a natureza ajudavam-na a esquecer sua solidão.

Um dia, porém, sua vida mudou. Chegou ao poço, jogou o balde dentro dele e quando se dispunha a puxá-lo uma voz doce emergiu das profundezas e a chamou: "Safa...! Sa...fa...!" Ela não ligou. Pensou que o barulho da água estava traindo sua imaginação e não quis preocupar-se. No entanto, a voz começou a fazer-se ouvir diariamente e, finalmente, ela decidiu contar a seus pais.

Eles temeram que algum fantasma estivesse espreitando sua filha e pensaram em ir embora do povoado tão logo lhes fosse possível.

De fato, assim que terminaram a colheita, viajaram para longe daquele lugar. Porém não se livraram tão facilmente daquele suposto fantasma porque onde quer que encontrassem uma fonte ou um poço, a voz aparecia de novo: "Safa..., pena de ti!", dizia agora misteriosamente. A família, sentindo-se ameaçada, decidiu mudar de rumo e tomar o caminho do deserto: ali não havia água, portanto a voz não os ameaçaria.

Depois de percorrer um longo caminho, chegaram a um palácio. Concordaram em pedir alojamento para passar a noite e bateram na porta para que alguém pudesse ouvi-los. De repente, o vento começou a levantar a areia do deserto. Ao mesmo tempo em que se apressavam em cobrir seus rostos com as roupas, a porta abriu-se e Safa foi sugada para dentro. Nada puderam fazer seus pais, pois a grande porta de ferro não cedia por mais que eles batessem. Renderam-se ao destino. Desejaram-lhe muita sorte e seguiram seu caminho.

Safa permaneceu um bom tempo chorando até que não lhe restaram mais lágrimas para derramar. Enxugou os olhos, secou suas faces e viu diante de si uma enorme escada de mármore reluzente. Levantou-se e muito devagar começou a subir os degraus. Os dois primeiros aposentos estavam vazios, porém no terceiro um homem jazia, deitado numa cama de lençóis brancos. Aproximou-se um pouco sobressaltada, tentando não acordá-lo, ainda que isso fosse impossível, pois aquele belo jovem estava tomado por um profundo sono produzido por milhares de agulhas espetadas em seu peito. De um lado da cama, uma nota escrita com sangue dizia: "Se antes de quarenta dias alguém conseguir extrair todas as agulhas este homem voltará à vida".

Safa aceitou o desafio e com muito cuidado dispôs-se a iniciar tão paciente tarefa. À medida que transcorriam os dias, o número de agulhas foi diminuindo, até que chegou o dia 39. Nessa manhã, Safa ouviu umas vozes do lado de fora do palácio. Uns comerciantes de escravos discutiam o preço de uma moça de tez escura. A menina saiu para ver o que acontecia e, ao perceber os maus tratos que a moça recebia, decidiu comprá-la por uma vasilha que encontrou em um dos salões do palácio. Depois, ordenou-lhe que limpasse os quartos e lustrasse a escada. Enquanto isso, Safa foi tomar um banho e perfumar-se para quando o jovem acordasse de seu sono.

A escrava iniciou suas tarefas e depois de deixar o mármore da escada tão brilhante como um espelho, subiu aos quartos até que entrou naquele em que o jovem repousava. Aproximou-se da cama e pareceu-lhe estranho ver um jovem dormindo com uma agulha espetada no peito. Ao ler a nota percebeu a oportunidade que se lhe apresentava e, aproveitando-se da ingenuidade de Safa, não hesitou em extrair a última agulha.

Os olhos castanho claros do jovem abriram-se e, ainda um pouco aturdido, viu a silhueta de uma moça de pele escura diante dele.

"Formosa jovem", disse-lhe, "foste tu quem me libertou das agulhas espetadas em meu peito?"

"Claro que sim", respondeu apressadamente. "Estou há quarenta dias e quarenta noites a teu lado para acordar-te a tempo e eu o consegui. Inclusive te comprei uma escrava e esforcei-me para que te deixasse o palácio reluzindo."

Safa também ouviu essas palavras. Sentiu-se traída, porém preferiu não desmentir o que fora dito pela escrava e não criar um conflito que amargurasse o despertar do jovem.

De maneira que, a partir desse dia, inverteram-se os papéis. A escrava transformou-se na esposa do dono do palácio e Safa em sua criada. Não foi fácil, já que o tratamento que recebia era depreciativo e cruel, porém sabia que tinha cometido um erro e tinha que pagar por ele por mais que isso doesse. Mas não era justo, ainda que assim tivesse que ser.

Numa manhã, seu amo teve que ir à cidade e ofereceu-se a sua esposa para comprar-lhe qualquer coisa que necessitasse.

Ela aproveitou a ocasião e entregou-lhe uma longa lista onde tinha anotado objetos de luxo e muitos vestidos caros. Também perguntou a Safa se precisava de algo, e apesar da reprovação de sua esposa, o jovem insistiu com amabilidade, pois pensava que alguém que trabalhasse tanto merecia uma recompensa, ainda que fosse pequena.

"Ficaria agradecida se meu amo conseguisse para mim uma boneca paciente", pediu com melancolia.

Efetivamente, após ter comprado os presentes para sua mulher, à última hora da tarde aproximou-se de uma pequena loja onde um ancião consertava brinquedos velhos. Perguntou pela boneca e o ancião respondeu:

"Antes de entregar-lhe a boneca, gostaria de dar-lhe um conselho. Desconheço a quem se destina, porém tenho certeza de que a garota que a pediu não é feliz. As bonecas pacientes absorvem toda a tristeza de quem desabafa com elas, e tenha cuidado, porque chega um momento em que, quando estão sobrecarregadas pela desgraça alheia, estouram e quebram-se em mil pedaços.

O jovem escutou atentamente as palavras do ancião e com certo ceticismo saiu da loja com a boneca embaixo do braço.

Ao chegar ao palácio, sua esposa pegou todos os presentes e retirou-se para o seu quarto a fim de examiná-los. Safa, depois de agradecer ao seu amo por ter cumprido sua promessa, dirigiu-se à cozinha e, pensando estar só, abraçou a boneca e começou a relatar-lhe sua infeliz vida:

"Oh!, minha boneca paciente, era uma vez uma menina muito querida por seus pais. Todos os dias uma misteriosa voz a chamava das profundezas de um poço. Os pais, temendo que um fantasma perseguisse sua filha, decidiram abandonar a casa e vagar pelos caminhos até que chegaram a este belo palácio..." E Safa continuou contando a história de sua vida enquanto a boneca ia inchando como um balão... "A escrava casou-se com o jovem e a menina teve que agüentar o desprezo que não merecia. Vou estourar de dor!", gritou Safa ao terminar o relato.

O jovem, que tinha permanecido escondido atrás da porta, irrompeu na cozinha, tirou-lhe a boneca das mãos e a abraçou fortemente. Ao cair no chão a boneca explodiu.

A bondade de Safa teve finalmente sua recompensa.

Em poucos dias celebraram uma bela cerimônia à qual também foram convidados seus pais. A escrava foi expulsa do palácio.

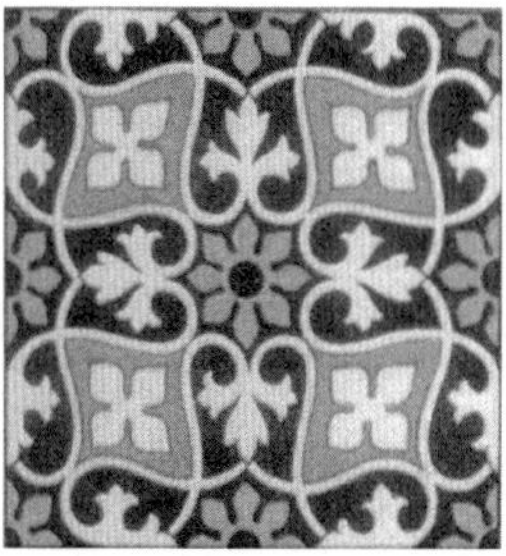

Outros títulos da coleção
Arca da Sabedoria

Contos Budistas da China

Originalmente escritos pelos hindus, com o passar do tempo os contos que encerram os princípios budistas foram reproduzidos em outros lugares. Na China, por exemplo.

Os temas variam enormemente: a verdade, vidas anteriores, amizade, caridade, razão, justiça, o caráter efêmero dos bens materiais, maldade, ingratidão, sexo e infidelidade são alguns deles.

E o próprio Buda participa como personagem de várias narrativas, proferindo, ele mesmo, seus ensinamentos ou confirmando-os com suas atitudes!

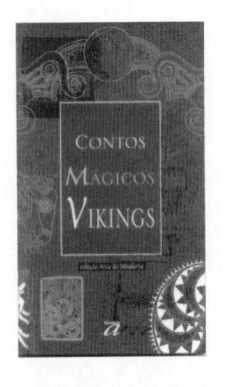

Contos Mágicos Vikings

Nos contos recolhidos nesta obra, estão retratados os imaginários de personagens vikings e de povos nórdicos que herdaram suas tradições. Sobretudo, dos primeiros tempos do Cristianismo nas terras do Norte (Dinamarca, Islândia, Noruega e Suécia).

Esses personagens incluem fantasmas, fadas, criaturas das águas, elfos, trols, bruxas e magos, com seus livros e objetos mágicos. O conjunto único de características desse universo viking confere, assim, uma tonalidade mágica às tramas que nele se desenrolam.

Leia da Editora Aquariana

Coleção *B*

A EDITORA *A* traz à luz textos que estiveram, por muito tempo, injustamente guardados, recolhidos a uma obscuridade indevida. Escritos por pensadores brilhantes, os livros constantes da COLEÇÃO *B* são verdadeiras jóias da intitulada "contracultura".

As Máscaras do Destino
Florbela Espanca

A prosa extraordinariamente plástica de Florbela Espanca é menos conhecida e explorada que sua poesia. Uma injustiça a reparar.

Nascida em Portugal no Alentejo, em 1984, cedo se destacou no universo da literatura portuguesa. Seus contos ora mágicos, ora pictóricos e de inegável musicalidade mostram a sua genialidade nas palavras fortes, apaixonadas e emocionantes.

O Louco
Khalil Gibran

Khalil Gibran nasceu em 1883 no Líbano e em 1894 imigrou com a família para os Estados Unidos.

O seu estilo, rico em imagens onde a simbologia impera, potencializa o encanto entre Oriente e Ocidente que nele se opera. Seus textos soam como verdadeira meditação; sua devoção ao espírito é pautada pelo respeito à ética e essa é a razão de ele ser admirado por leitores de todos os credos.

Viagem pela Arte Brasileira
Alberto Beuttenmüller

Viagem pela Arte Brasileira tem a intenção de ajudar o leitor a penetrar no universo complexo das artes plásticas. O autor, membro da Associação Internacional de Críticos de Arte – Aica – Unesco, oferece ao leitor brasileiro uma viagem pelos saltos e rupturas que formaram a Arte do Brasil a partir do cavernícola, o homem das cavernas, até chegar aos artistas eruditos dos dias atuais.

Poesias Ocultistas
Fernando Pessoa

Pela primeira vez se oferece ao leitor um conjunto de poesias ocultistas de Fernando Pessoa, um dos ângulos menos conhecidos da vastíssima obra "pessoana". Ele foi um apaixonado astrólogo, que fez mais de 1.000 mapas astrais. Mágico e amigo de Aleister Crowley, seria Fernando Pessoa místico? A leitura de "Poesias Ocultistas" sugere inúmeras respostas.